Oceani. 120

Carmen Pellegrino

La felicità degli altri

La nave di Teseo

ISBN 978-88-346-0518-9

Prima edizione La nave di Teseo febbraio 2021
Terza edizione giugno 2021

Parla anche tu
parla per ultimo,
di' cosa pensi.
Parla –
ma non dividere il sì dal no
Dà senso anche al tuo pensiero:
dagli ombra.
Dagli ombra che basti, tanta
quanta tu sai
[…]
Dice il vero, chi parla di ombre.

Paul Celan, *Parla anche tu*

Sono nata in una casa infestata dai fantasmi. Allampanati, tignosi fantasmi da cui non si poteva fuggire.

A quel tempo vivevamo nella parte ovest di un villaggio che aveva case tutte uguali, tutte al pianoterra, prima che si elevassero. Mio fratello e io speravamo che le case degli altri fossero infestate quanto la nostra.

A dieci anni fui allontanata dal villaggio per pura crudeltà, ma i fantasmi non rimasero a casa.

Ancora oggi, se mi guardo attentamente allo specchio ritrovo i segni di famiglia, le memorie biologiche fissate in un sopracciglio o nell'arcata dentale. Affrancarmi da quel tanto che di ogni famiglia dovrebbe restare nascosto è stata la mia missione, ma ammetto che di quei fantasmi avverto ancora il soffio.

Del resto, quale vita – essendo noi dentro la vita – non ha un passato che torna a dare forma al presente in una vertigine maniacale di ricordi, notti e notti di sonno inquieto, e poi il timore di trovarsi di fronte a una statua enorme – e tu: inerme – che impone da sola il silenzio?

Riconosci lo stridio del mezzo sul quale la statua avanza,

capisci che è cominciato l'assedio e tu sei l'assediato. In un istante che illumina tutta la tua mente raduni le forze, hai armi di difesa, approvvigionamenti vari. Ma l'oppressore è implacabile, la sua forza attinge da un tempo diverso dal tuo, non più misurabile, non più soggetto alla fine, e perciò potentissimo. Mosse e strumenti – i suoi – sono fatti per sopravviverti, così anche nelle tregue ti nascerà il sospetto che altre e più sofisticate trappole siano pronte a scattare. Sai che la statua si ornerà il petto di serpenti dalle fauci spalancate; sulla testa richiamerà avvoltoi con suture sinuose al posto degli occhi. Conosci la crudeltà di cui è capace, non hai più bisogno di prove: l'assediante incalza e sputa, ride ma ride male. Radicarti nel presente, questo devi fare. Ma come Selinunte dopo gli ultimi giorni, nel cuore di profonde tenebre cadrai.

In seguito, cercherai di rimettere insieme i pezzi originali del tuo edificio distrutto, elemento per elemento, se le condizioni lo consentiranno. La tecnica da utilizzare in questi casi è l'anastilosi.

> La Carta del restauro di Atene (1931) raccomanda:
> Quando si tratta di rovine, una conservazione scrupolosa si impone e, quando le condizioni lo permettono, è opera felice il rimettere in posto gli elementi originari ritrovati (anastilosi); e i materiali nuovi necessari a questo scopo dovranno sempre essere riconoscibili. Quando invece la conservazione di rovine messe in luce in uno scavo fosse riconosciuta impossibile, sarà consigliabile, piuttosto che votarle alla distruzione, di seppellirle nuovamente, dopo, beninteso, averne preso precisi rilievi.
> La Carta di Venezia (1964) conferma.

Cos'altro si può fare – essendo noi dentro la vita –, se non consegnarci al rischio di dominare la statua prima che ci demolisca?

Questa è la storia di un'anastilosi, eseguita per gradi e con soprassalti imprevisti.

Vinegia

Venezia fu la prima buona idea della mia vita. Avevo trentasei anni quando vi presi dimora, pervasa da un inspiegabile, a tratti tenero, sentimento per me; era autunno e pensavo di restarci fino alla primavera, ma ora non saprei dire quanto ci rimasi, in termini di tempo misurabile. Posso però dire che il tempo trascorso fra le calli ha modificato per sempre qualcosa di me. Hanno ragione quelli che studiano a fondo i luoghi: possono "trasformare", dare forma a chi vi si immerge con l'intenzione di farsi camminare accanto dai fantasmi che trattengono. Non dicono niente, questi fantasmi dei luoghi, si limitano ad accompagnarci, portando con sé una persistenza di vita sopravvissuta alle distruzioni. Cos'era Venezia, prima della distruzione della Grande Guerra? E prima ancora, prima di essere un aerolite di pietra? Le giunture tra le sue forme, richiami a un'arte che non rifuggiva il disordine dell'immaginazione – la selvatichezza del gotico che Ruskin ripropone senza biasimo, giacché contiene una verità profonda che l'istinto umano coglie quasi inconsciamente – quelle giunture, dicevo, raccontano di un luogo a cui non occorrono geometrie grevi, un luogo non atterrito dalla fragilità. Come posso dire?

Venezia è una configurazione dello spirito: resta salda sulla più insicura delle basi.

Quell'anno, decisi di seguire un corso che si sarebbe rivelato un irregolare tracciato su certi sensi sottili e secondi dell'animo umano. Era il corso di Estetica dell'ombra, tenuto dal professor T., uomo immobile e solitario.

Il primo giorno – finiva settembre e quello sarebbe stato il suo ultimo semestre – entrò in aula e si scusò. "Faccio fatica a parlare," disse, "non ho parlato con nessuno per tutta l'estate."

In seguito non aggiunse molto altro, limitandosi alle parole indispensabili al corso.

Una volta disse:

"Abbiamo i sensi irritati dalla luce, accecati da fonti luminose che perseguitano l'ombra. Rifuggiamo l'oscurità come se temessimo di venirne risucchiati."

Indossò per tutto il semestre pantaloni e giacca grigia; nei giorni più freddi si proteggeva con una sciarpa dello stesso verde mimetico del borsalino che portava calcato profondamente sulla testa; anche nei giorni di sole non dimenticava l'impermeabile, benché fosse sciupato in modo evidente. Tutto di lui parlava di un tempo precedente in cui era rimasto impigliato, e quello in corso solo un riflesso che lo affrancava dalla fatica di ogni possibile avvenire. Si diceva che gli avesse fatto cilecca la vita.

Solo una mattina ci sorprese annunciando, con un inedito guizzo, l'esposizione di alcuni suoi vecchi dipinti alla Galleria di San Marco. Se avessimo voluto andarci, disse tenendo gli occhi a terra, l'ingresso era gratuito. Nessuno ci andò.

"Formiamo delle ombre," diceva, "i nostri corpi generano ombre che ci camminano a fianco, come buoni amici, amici di cui fidarsi. A volte ci precedono, scovando il fosso prima che ci finiamo dentro. Perché le maltrattiamo?"

"Nascondiamo la nostra debolezza," continuava e io prendevo appunti, "e rifuggiamo quella degli altri per non esserne contagiati. Ma sono le nostre ombre a essere indebolite, per la fatica di proteggerci. Bisognerebbe averne riguardo, trattarle con gentilezza. Cercare il luogo oscuro dove riparano. Non giudicare."

Lo ripeteva spesso: il luogo oscuro; e guardava davanti a sé, oltre le nostre teste, oltre la parete in fondo.

Una mattina, finita la lezione, mentre gli altri uscivano in fretta dall'aula, io mi avvicinai alla cattedra. Ferma al limite del mio spazio, aspettai che mettesse in ordine le sue cose nella borsa di pelle consumata. Ripose le penne nel comparto delle penne, dopo averle incappucciate, prima la rossa, poi la nera, quindi chiuse la borsa facendo scattare la fibbia; raccolse i fogli della lezione, li sbatté due volte sulla cattedra per allinearli, li ordinò in una cartella; riaprì la borsa, vi infilò la cartella, richiuse la borsa. Sulla cattedra era rimasta l'agenda, aperta sul giorno in corso. Riaprì la borsa, estrasse la penna nera, la scappucciò, tracciò una grossa X sulla data del giorno – vaga impressione di soddisfazione sul suo viso, come di compito portato a termine, di fatica eseguita; riaprì la borsa, rincappucciò la penna, la ripose nel comparto, reinserì la fibbia. Restava fuori l'agenda. Con due dita la richiuse e io vidi la data riportata sul dorso: 1985!

Quando il professor T. si schiarì la voce, avevo ancora gli occhi fissi sull'agenda.

"Non si sorprenda," disse con un lievissimo sorriso, "ogni calendario torna valido dopo ventotto anni. E poi sa, l'85 è stato un buon anno per me."

"Mi scusi." Arrossii.

"Veda," riprese, "io penso che l'idea che esista il tempo non sia che una superbia. Ci arroghiamo il diritto di sequenziare il semplice alternarsi del giorno e della notte in ore, minuti, istanti che fuggono sempre in avanti. Se possiamo fare questo, se possiamo perfino correggere le stagioni, perché non potremmo mandarla indietro, ammesso che esista, questa diceria che chiamiamo tempo?" A quel punto s'interruppe e si alzò dalla sedia, due giri di sciarpa intorno al collo, una stirata con le mani all'impermeabile gualcito. Dopo aver accostato la sedia alla cattedra, prese borsa e agenda e di nuovo mi guardò:

"Voleva dirmi qualcosa?"

"Sì, professore," balbettai. "Ecco, vorrei chiederle cosa intende per luogo oscuro: lo nomina spesso nelle sue lezioni, sento che è un concetto che mi appartiene, ma non saprei oggettivarlo."

Gli vidi le orecchie arrossarsi, e così le guance. Forse gli ero d'imbarazzo, ero stata impudente ad avvicinarmi tanto. Rimanemmo in silenzio prendendo un respiro di riserva.

"Cosa intendo, cosa intendo..." disse, muovendosi per uscire dall'aula. "Non è un concetto, è una terra: una terra dove tanti di noi scolorano. Conosce la Seconda lettera di Pietro?"

"No," risposi.

"Vada a leggersela. Nella prima parte si fa cenno a una lampada che brilla in un luogo oscuro: tolga per un momento la lampada, le resterà tanta materia organica."

Villaggio

La casa in cui sono nata aveva un numero insensato di stanze e due grossi orci di terracotta all'ingresso. Le porte si aprivano su interni silenziosi e bui, finestre quasi sempre chiuse, infiltrazioni d'acqua. Se guardo indietro rivedo una bambina che si nasconde in uno degli orci, rattrappita segreta e con il pollice in bocca, a immaginare miglia e miglia di altrove. Dopotutto, in che altro modo potevo trovare scampo – rifugio, la piccola mia salvezza; dove potevo nascondermi se non in quei territori che i Greci chiamavano *eikasia*, regno di miraggi ombre e illusioni?

Parlare con i morti era inevitabile. Sospetto che faccia rabbrividire l'immagine di una bambina che parla con i morti, ma è sola, tanto sola da pregare i morti di farle un po' di compagnia.

"Dio ce ne guardi!" disse la zia Tilde, quando un'estate le confidai il mio segreto. "Dio ci scampi!" E cercò di strapparmi dalle mani la fotografia di Mary.

Per buona sorte, Mary rimase ancora con me. Non era che una fotografia, ma chi può smentire che fosse mia amica, la mia sola amica? Aveva i capelli lunghi e neri e gli occhi pure neri, forse era Sioux. Non so quanti anni avesse all'epoca dello scatto, era una giovanissima donna dal cuore forte, così la immaginavo. Rubai la foto dal banchetto del robivecchi, il giorno in cui accompagnai nostro padre a cercare una scrivania usata per il suo studio di psicoterapeuta. Dietro la foto erano scritte a mano le date di nascita e di morte, ma erano cifre sbiadite, e comunque non sapevo farmi il conto, avevo cinque anni. Chiunque fosse, le sarò eternamente grata per avermi ascoltato, quando intorno a me nessuno era disposto a farlo. A Mary raccontavo i fattacci delle mie giornate, con lei mi nascondevo nell'orcio a pregare per i miei peccati, sotto il suo sguardo mi mutilavo il cuore per la tenerezza che non arrivava mai, e i suoi occhi erano buoni, mi abbracciavano e mi contenevano. Li avrei ritrovati – forse riconosciuti – parecchi anni dopo nel volto di Angela. Proprio in Angela che mi aiutò a uccidere l'unica cosa che in me era viva.

Ero sola, e lo era anche Emanuel. Non potevamo stare con gli altri, nostra madre non lo permetteva: portano malattie, diceva. Nemmeno con Gioele, il figlio muto di una coppia che lei e nostro padre frequentavano ogni tanto. Disse che di sicuro il ragazzino si era beccato la rogna in uno dei campeggi in cui i genitori lo mandavano per liberarsene, e con quanta imprudenza riuscivano a starsene tranquilli mentre il figlio dormiva tra pulci e topi.

A me, però, è rimasto un ricordo dolce della madre di Gioele, riusciva ad accogliere gli stati d'animo del figlio senza sminuirli, inventava con lui segni per dire alba sole meriggio, e poi mandava odore di violetta. Ma Beatrice non si fidava. Non si fidava *mi-ni-ma-men-te* delle misure d'igiene adottate da madri per niente scrupolose verso i figli. Come poi sapesse quale era il livello di pulizia delle loro case era un mistero, visto che non entrava mai, neppure costretta, nelle case degli altri.

"Non esagerare, Beatrice." Nostro padre protestava, al suo solito modo fiacco – qualcosa gli suggeriva di farlo, forse un richiamo che lo riportava ai doveri paterni cui tentava di aderire; all'epoca, comunque, gli insulti non erano ancora il criterio della loro interazione.

"Manfredi, bada ai tuoi pazienti e non interferire con l'educazione dei bambini."

"Ma io sono il padre."

"Il padre! Le tue priorità sono forse cambiate quando ti sono nati i figli? Li hai pretesi, ma avevi la tua bella carriera da fare e l'hai fatta. Io invece, quando si è acceso l'abbagliante riflettore della maternità, ho rinunciato ho rinunciato ho rinunciato..."

Nostro padre riceveva in casa i pazienti, nelle stanze dove io non sono mai entrata. Quando le tensioni con Beatrice si fecero ingestibili, trasferì il suo studio nel terraneo che aveva una parete in comune con un delizioso negozio di fiori.

Beatrice era stata una sua paziente. Era dunque pazza. O lo era nostro padre?

Al processo la difese:

"Beatrice era sbandata e balorda, ma non avrebbe mai fatto del male ai figli. Nervosamente vigile, venne in terapia perché desiderava una vita diversa, sognava di realizzarsi come mercante d'arte, ma la famiglia la ostacolava. Era tuttavia incapace di opporsi alla volontà degli altri e compensava accumulando rancore contro sé stessa. Era anche la donna più bella che avessi mai visto."

Parole che si fissarono come un'impronta nella tenera cera della mia mente; a volte, negli anni, tornavo a ripetermele cercando l'appiglio per convincermi che non lo aveva fatto. Invece non trovavo niente. Non abboccavo. Ero il pesciolino che aveva imparato presto la lingua dell'amo.

Parlare con i morti, dicevo. Forse accade a tutti quelli per i quali la barriera tra la realtà del presente e la realtà immaginata è estremamente permeabile. Oppure comunichiamo soprattutto con la nostra di morte, con quel senso di incomprensibilità della vita. Ma non è come se i giochi fossero già fatti. Anche allora avevo una irriducibile fiducia nel segreto della vita, ma quel segreto racchiude in sé la luce e l'oscurità. Finché è possibile inseguiamo la prima, diceva il professor T., schivando le ombre più o meno intense che si producono in un dato spazio, in un certo tempo.

Farsene qualcosa delle ombre, senza più riscacciarle, è quanto ho dovuto imparare.

Vinegia

Nel tempo trascorso a Venezia, passeggiai spesso con il professor T.

Dopo quel primo scambio sul luogo oscuro, decisi di fermarmi ancora in aula: le sue lezioni si tenevano all'ultima ora ma lui si tratteneva oltre, come se non avesse mai fretta. Le prime volte restammo in silenzio, lui seduto a riordinarsi le cose, io in piedi davanti alla cattedra; poi un giorno gli proposi di bere una cioccolata calda, soffiava il maestrale, la punta del mio naso gelata.

Annuì.

Prendemmo l'abitudine di riparare in un caffè dopo la lezione, ordinavamo cioccolata calda, la consumavamo senza parlare, ci congedavamo con una stretta di mano. Nessuno dei due faceva tentativi di conversazione, ma non era importante: quel che importava, quel che in fondo contava era il filo che stavamo tessendo fra noi, o almeno così a me sembrava.

All'ennesima tazza disse:

"Passeggerebbe assieme a me in San Marco?"

Passeggiavamo sempre a sera, sempre in San Marco, a volte erano giri concentrici, a volte tracciavamo quadrati, proseguendo senza sosta fino a sentire l'umidità nelle ossa. Era un uomo di magre risa, di passi trattenuti, come se incedesse sui più acuminati degli aghi. Ma ogni tanto sorrideva in direzione di un passante, annuendo e levandosi dalla testa il borsalino. Nessuno ricambiava il saluto.

"Conosce il significato dell'espressione veneziana *andare a bever una ombra*?"

"No," dissi, "mai sentita."

"Vuol dire andare a bere un bicchiere di vino. Un tempo, qui in piazza c'erano chioschi che vendevano vino: nelle giornate calde l'ombra del campanile offriva riparo dal sole a chi andava a prendersi un bicchiere."

Nelle nostre sere portava con sé residui induriti di pane e li lasciava cadere mentre camminavamo. Per i colombi che verranno all'alba – spiegava – e per i topi che stanotte avranno fame...

Talvolta sospirava.

"La terra non respira abbastanza," diceva.

"Gli alberi muoiono tra fumo e cemento."

"Ne moriremo anche noi. Ma non se ne disperi, lo tenga però a mente."

Talvolta mi prendeva la mano come un confessore uscito dal cantuccio per assolvere dal peccato con più veemenza.

Diceva:

"Nella lingua tedesca c'è una parola, *Schuld*, che indica insieme la colpa e il debito. Alcuni di noi scontano la colpa e il debito di non essere venuti alla luce, di essere gli ammutoliti abitanti del buio. Se ne rammarica, Cloe?"

No, non me ne rammaricavo.

"Dia ombra ai suoi pensieri, gliene dia quanto basta, non se ne vergogni," diceva.

E io scoprivo ombre ammassate dietro i muri, non le ignoravo e non ne ero intimorita.

Continuava:

"La caduta dell'uomo nello stato in cui non dice più io e non ha neppure un tu a cui riferirsi è quanto di più sconosciuto ci sia. Lo tenga a mente. E sappia che è una condizione di sonnolenza che odiamo. Siamo messi così: amiamo le foglie che cadono, ma non l'uomo che cade."

Dicono che sia una gioia per il cuore trovare qualcuno che ci vede davvero e ci dice chi siamo. Dicono che essere visti, finalmente visti, sia una benedizione che trasforma. Quello che posso dire è che ricorderò per sempre quelle sere, rivelatorie anche quando ci camminavamo di fianco restando in silenzio, come l'ora più bella di quei miei anni.

Collina

Fu il Generale a portarmi sulla Collina. Mi prelevò alla stazione dove ero stata lasciata e mi portò nella casa che, con un po' di lirismo, veniva detta Casa dei timidi. Trovai Madame ad aspettarmi, e una combriccola di incerti come me. Dissi subito di chiamarmi Cloe e non certo Clotilde, nome di piombo che avevo lasciato al villaggio.

Avevo dieci anni.

Il giorno del mio arrivo davano merluzzo e broccoli, non mi piacciono e ci verso sopra l'acqua. Sento un tonfo. Il Generale ha sbattuto la mano sul tavolo e a me viene paura. Anche qui saranno grida, anche qui dovrò difendere queste mie quattro ossa? Il Generale si avvicina a passo svelto, io mi copro gli occhi con le mani, spero non mi faccia tanto male, meglio se mi rannicchio, ricorda sempre di proteggerti la testa.

"Se non ti piace quel che hai nel piatto non sciuparlo." Inaspettatamente, la voce del Generale è calma e io pian piano risollevo la testa. "È un gran peccato rovinare il cibo che qualcun altro potrebbe mangiare al tuo posto. Sei d'accordo?"

Sì sì sì, mi affretto a fare sì con la testa tante volte. Annuirei a qualunque cosa mi dicesse. Gli guardo le mani, sono grandi, pesanti. Con quale mi colpirà?

"Molto bene, Cloe. Ora puoi aspettare il piatto successivo, ma temo che non ci sia altro per oggi, a parte la frutta."

D'improvviso, mi viene una gran fame. Il merluzzo e i broccoli galleggiano nel piatto, li pesco con le dita e li mangio. Poi ci portano mele e banane, mangio anche quelle.

Più tardi, mentre seduta sul mio nuovo lettino cercavo di immaginare che ne sarebbe stato di me d'ora in poi, si avvicinò un ragazzino e mi offrì una barretta di cioccolato al latte. Come sapeva che era il mio dolce preferito? Disse di chiamarsi Jerus. Che nome era? Il nome di una città. Capisco, dissi, e sospettai che anche il suo fosse un nome di copertura, quello di piombo rimasto da qualche parte lontano dalla Collina.

In stazione

ABSCISSIONE
Distacco di foglie, fiori o interi rametti provocato spontaneamente dalla pianta madre mediante la produzione di fitormoni in risposta a stimoli ambientali.

Chiamerò abscissione la spinta con cui Beatrice, di seguito denominata Xx, quella notte mi fece scendere dal treno. Ricordo che prima che il treno ripartisse invocai a gran voce mio fratello. Emanuel, dove sei? Sapevo che non poteva rispondermi, ma lo facevo lo stesso. Dove sei? Se ne sta andando, vieni fuori.

Lei mi guardava dal finestrino. Il treno, indifferente, ripartì.

Ora c'è da chiedersi cosa può fare una bambina in una situazione del genere, a parte correre dietro il treno, a parte disperarsi e gridare, cosa può fare una bambina quando la propria Xx viene inghiottita dal buio? Io non rincorsi e non mi disperai, perché nessuno può essere costretto a volerti, nemmeno la tua Xx mentre si allontana guardandoti dal treno con una mano sulla guancia, come fosse alla soglia di un mal di denti. Rapidissima distolsi lo sguardo, mi ritirai. Questo è stato uno dei primi sotterfugi che ho imparato per sopravvivere: se non ti piace quello che ti stanno facendo, guarda altrove.

Trascinando la borsa con le mie cose, andai a cercare un posto in cui rannicchiarmi, lo trovai sotto un lampione. Tutto sommato ero tranquilla, mi dava quiete stare all'aperto e non chiusa in una stanza da cui non avrei potuto far ritorno. Quando ero lì per addormentarmi, si avvicinò un lupo che puzzava di pelo bagnato. Passammo la notte a leccarci, lui le zampe rotte, io il muco che scendeva dal naso, salato come il mare, era forse il mare.

Il distacco avviene in corrispondenza di una parte anatomica, denominata giunto di abscissione, costituita da uno strato di cellule protettive che delimita la zona di separazione.

Il giorno seguente, mentre ancora dormivo, il Generale mi trovò e mi prese con sé. Mi svegliai che ero già sulla Collina, avvolta in una caldissima coperta arancione. Tutto da rifare, ecco che bisognava ricominciare, con nulla di ciò che avevo ormai perduto.

A rivedere le cose da questa distanza, credo che mi sia andata bene, malgrado le premesse. Da questa postazione sicura, vedo una bambina affidarsi ai piedi altrui per scansare la fossa precoce in cui sarebbe finita. La verità poi… che restasse una questione sottaciuta.

Collina

Jerus era arrivato prima di me, assieme alla sorella. Ricordo poco di lei, solo che era magra come uno stecco, e che aveva al polso tanti braccialetti di perline colorate. Una notte se ne andò e non fece più ritorno. Jerus non parve risentirne. Mangiava, veniva a lezione, non giocava con gli altri. Una mattina il Generale lo becca a guardare fumetti pornografici nascosti nel sussidiario. A quest'ora in questa casa si studia! – e gli chiude il libro, ma non è severo, anzi sembra quasi ammiccare a una complicità maschile, oppure me lo sono immaginato. Jerus balza in piedi, ha il viso rosso come se gli avessero premuto in faccia una pezza, per un po' si trattiene poi sbotta:

"Tu non sei mio padre."

"No, non lo sono," dice il Generale, calmo.

"E allora non puoi costringermi a studiare."

"Non posso costringerti, ma è quello che dovresti fare."

"Scordatelo! Meglio andare a lavorare."

"Meglio lavorare?"

"Cento volte!"

"E cosa vorresti fare? Avanti, sentiamo."

"Qualunque cosa: il muratore, il benzinaio, anche pulire le stalle..."

La faccia del Generale in quel momento cambia espressione, non ammicca e non sorride più, inizia a farsi concentrata poi diventa vecchia, di colpo il Generale è molto vecchio.

“Ragazzo, tu non sai quel che dici.” E si volta per andarsene.

Nessun bambino dovrebbe impugnare mai uno strumento di lavoro. Gli unici strumenti di lavoro che un bambino dovrebbe tenere in mano sono penne e matite.

Aveva pochi anni, il Generale, quando fu esposto nella piazza del suo paese, nel Sud dell'Italia, e poi venduto come garzone a un ricco agricoltore. Spesso ci parlava della sua origine aggiungendo, di volta in volta, qualche dettaglio che si andava a depositare nella mia mente, insieme ai dettagli di altre storie.

"Erano i primi anni Cinquanta," iniziava sempre così, "e l'esposizione dei piccoli *valani* (guardiani di maiali e di capre, pastori, garzoni: piccoli bifolchi, insomma) si teneva ogni anno in agosto, più che altro era una fiera, un'ostensione. Prima di comprarci, ci scrutavano da capo a piedi, valutavano la nostra forza, le mani; ci controllavano i denti, come ai cavalli. Portavamo, per farci riconoscere, un fazzoletto legato al braccio o una penna di uccello sul cappello di paglia. La compravendita avveniva il 15 del mese, il giorno in cui la Chiesa cattolica celebra l'Assunzione. E infatti quel giorno anche noi venivamo presi – assunti – dopo una contrattazione che si teneva sul sagrato della chiesa, oppure nei pressi dell'ufficio di collocamento. L'8 settembre venivamo consegnati al nuovo padrone, che ci avrebbe dato da mangiare e da dormire, nella stalla. Per un anno di lavoro del figlio, la famiglia riceveva qualche centinaio di lire, qualche sacco di grano. Di notte cercavo di non dormire, anche se ero stanco. Avevo sempre un mozzicone di candela e un cerino e, accovacciato in un angolo della stalla, compitavo parole, facevo i numeri. Volevo darmi un'istruzione, avevo capito che era il solo modo per non essere più venduto e acquistato."

In una delle sere dedicate ai racconti, quando la realtà irrompeva con delicatezza nel fantasioso aneddoto che era la nostra vita sulla Collina, il Generale ci parlò di Iqbal Masih, il "sindacalista" dei bambini che denunciò lo sfruttamento minorile nell'affare dei tappeti. Nato in una famiglia povera, a Muridke (in Pakistan), fu venduto che aveva cinque anni a un fabbricante di tappeti per un debito di dodici dollari. Perché non fuggisse, lo legarono al telaio e in quello stato rimase per sei anni, sottonutrito e picchiato.

Un giorno, quando ha già undici anni, Iqbal riesce a uscire dalla fabbrica e s'imbatte in Ullah Khan, attivista del Fronte di liberazione dal lavoro forzato. Comincia così la sua emersione e racconta spiega denuncia le condizioni in cui vengono tenuti i bambini costretti a lavorare.

"Non ho più paura del padrone, è lui che ha paura di me, di noi, della nostra ribellione. Voglio studiare, voglio diventare un avvocato, per difendere tutti i bambini."

Anche quella sera il camino era acceso, Madame al pianoforte suonava una musica dolce, forse un brano di Mendelssohn che copriva il rumore della pioggia contro i vetri. Il Generale parlava di bambini ridotti in schiavitù, di libertà e diritti riconosciuti a noialtri. Noi seguivamo con interesse diseguale, qualcuno dormiva, Jerus era seduto al piano con Madame, altri ascoltavano o fingevano di farlo, io ascoltavo più di tutti. Quella sera decisi che nessuno mi avrebbe rinchiuso in una cisterna sotterranea priva d'aria, nessuno mi avrebbe incatenato a un telaio, avrei studiato con furia, letto fino a farmi saltare gli occhi e, anche se le matite colorate mi erano state spezzate, non per questo sarei morta.

Fui sorpresa da questa mia risolutezza, eccitata in un certo senso, ma pensai di non parlarne con Jerus, lo conoscevo abbastanza da sapere che avrebbe riso di me.

Andammo a letto al suono dei nostri piedi battuti sul pavimento. Al Generale piaceva immaginarci come una milizia che un giorno o l'altro avrebbe conquistato gentilmente il mondo. Ciò che tralasciò di dirci, quella sera, era che nel 1995, mentre in sella alla sua bicicletta Iqbal Masih stava tornando al villaggio, raffiche di proiettili fermarono per sempre la sua corsa.

Villaggio

Un pianto egemone di donna.

A lungo è stato il suono che più mi irritava, per la sgradevole fitta che portava con sé: ecco farsi avanti un corpo prima onnipotente e poi afflitto, ora chiede pietà, pietà. Del resto, anche quella volta sarà stata colpa mia, ho appreso presto che in un modo o nell'altro la colpevole ero io. Dicono che basterebbe non rimestare nei ricordi, ma la cosa, signori miei, è più complicata.

Clotilde ha scritto sul diario la sua richiesta d'aiuto, Mary Sioux le ha suggerito di parlarne soltanto al diario perché gli altri non le crederebbero. La mamma l'ha picchiata e rinchiusa in bagno. Non è la prima volta. Altre volte sono stati schiaffi e insulti. Clotilde ha imparato a restare immobile per sentire meno dolore, e comunque se si muove è peggio. A tavola deve stare attenta a non versare l'acqua, a non essere lenta, altrimenti le toglie il piatto e lo butta a terra. Quando le ha spezzato le matite colorate, tutte, Clotilde non è riuscita a trattenersi, non riusciva nemmeno più a respirare per i singhiozzi. La mamma ha gridato di più. Papà non dice mai una parola. Una volta Clotilde è scappata dalla nonna e le ha mostrato i lividi ma la nonna ha detto "dai, non dire bugie, te li sei fatti da sola cadendo". Mary Sioux ha sempre ragione. Clotilde vuole bene alla mamma, lo sa che non è cattiva e fa così solo perché è gelosa di papà. Se anche lei come Emanuel fosse nata maschio, la mamma non avrebbe avuto motivo di arrabbiarsi. Papà continua a non fare niente e qualche volta, preso dai nervi, se ne va sbattendo la porta. Allora la mamma scoppia a piangere. Piange così tanto che sembra annegare nei suoi liquidi, si contorce a terra, diventa piccola, minuscola. Clotilde chiede un piccolo miracolo al suo diario: *un briciolo d'amore, una carezza.*

Collina

Sei o sette anni dopo il trasferimento sulla Collina, quando ormai ero al sicuro, mi pensavo, al sicuro dalla casa infestata, i fantasmi iniziarono a farsi avanti delineando il nucleo della collisione. Erano straordinariamente vividi, venivano a farmi visita al calare del giorno e, malgrado la presenza di Jerus che almeno in quei momenti deviava dalla consuetudine di irridermi, io restavo per ore nello scompiglio.

"Cristosanto! Vuoi calmarti?"

"Non posso, Jerus, mi impediscono di farlo."

"Ma chi? Stai vaneggiando."

"Cosa potevo fare? Avevo dieci anni."

"Prova a dormire."

"Non ci riesco, sono tutti qui. Ma io cosa potevo fare?"

"Cloe, dovresti dormire."

"Avevo dieci anni, solo dieci anni. Non dico che non voglio rivederlo, ma la notte ho bisogno di riposare. Di giorno, spero di rivederlo un giorno, alla fermata di un autobus, in un treno, al parco. Mi volto e lo vedo. Eccoti, gli dico, alla buon'ora! Perché ci hai messo tanto? E lui sorride, come chi ha segreti ma aspetta solo di poterli svelare. Un giorno, nel pieno della luce. Mi capisci? La notte non voglio più un corteo d'anime che non sa dove andare. Non viene solo. Mio fratello non è mai solo. Dietro dietro gli cammina nostra madre, immemore di tutto. Ha in testa un arbusto spaventoso, una natura esorbitante che non genera vita. Come fa a non ricordare? Vi porterò con me nella tomba, gridava. Non vi lascio a vostro padre e alla sua puttana. E mio fratello non poteva sopportarlo. Piange anche nei miei sogni e in quel momento spingono i rampicanti dal pavimento e mi si attorcigliano alle gambe."

Vinegia

In una di quelle sere in cui Venezia accolse me e il mio corpo rigido, e il freddo non era un incontrovertibile fatto meteorologico ma ossigeno puro nel silenzio; sera che era marzo ma poteva essere gennaio, e neve cadere, cadere dando forma al non visto; una di quelle sere, il professor T. e io deviammo dal solito giro in San Marco e ci avventurammo per le calli, un saliscendi nelle strettoie, dove andiamo, chiesi, mi segua, disse.

Camminammo a lungo, così a lungo che i miei piedi dolevano quando il professor T. annunciò che eravamo quasi al porto. Ma non è lì che andremo, specificò, e prendendomi delicatamente per il braccio mi condusse nel sestiere di Dorsoduro.

“Benvenuta in calle del Cristo,” disse quando finalmente ci fermammo. “Qui c’è la mia superba dimora,” aggiunse appena un po’ sorridendo. “Entriamo?”

Non provai imbarazzo per l’invito, anche se non l’avevo previsto; mi sembrò, anzi, l’esito naturale del nostro camminare, il passo intimamente più importante tra quelli fatti fino ad allora.

La casa era su due piani, facciata semplice, interni bui. Nello studio, dove fui introdotta, c’era una scrivania con un’esile lampada, una sedia, poco altro. E non c’erano libri, come mi sarei aspettata, ma tele. Accanto alla scrivania notai una serie di tele, l'una sull'altra secondo la grandezza.

"Non faccia caso al disordine," disse portando un vassoio con tazze e teiera. "Vivo solo da tanto di quel tempo che non ha più senso riordinare."

"Non vedo disordine," dissi, "mi sembra tutto molto preciso."

Allora posò il vassoio sul tavolo e sollevò l'esile lampada per illuminare la parete in fondo. Vi erano ammassate tele, ancora tele, come se fossero franate giù da una montagna e, dietro l'ammasso, quel che restava di una tenda di velluto, demolita.

"Non ci avevo fatto caso."

"Lo so," disse. "Ciò che resta in ombra si abitua a non essere guardato."

C'era forse amarezza in quel suo commento, a ripensarci ora. Il fondo disordinato che non avevo visto era il suo modo di rivelarsi: lì c'erano le tracce della sua passione delusa, la pittura; lì c'erano i residui del suo matrimonio, la tenda ormai disfatta che la moglie aveva cucito con le sue mani prima di lasciarlo, come poi mi disse.

Prendemmo il tè in silenzio, due tazze a testa, poi aprì un cassetto e ne trasse un foglio arrotolato. Si avvicini, disse. Spiegata ora sul piano della scrivania, vidi una magnifica riproduzione del *Martirio di Sant'Orsola*, l'ultima opera di Caravaggio di cui il professor T. aveva parlato in aula qualche giorno prima.

"Guardi il bianco del volto e del petto di Sant'Orsola, appena ferita da Attila. E guardi l'armatura di Attila, guardi in questo punto, lo stesso bianco delle carni della Santa. Come ha fatto

Caravaggio a rendere quel chiarore perfetto, inossidabile, in mezzo a tanta oscurità?"

"Questa è facile," risposi subito. "Caravaggio non aveva pari nel dipingere la luce."

"Non la luce, Cloe. Caravaggio dipingeva l'ombra, il buio. Conosceva il luogo oscuro. Ciò spiega la presenza copiosa di materia organica suppurante nei suoi dipinti. Si sporcava le mani con la vita vera, quella che gli altri non vedono perché disturba. La luce nei suoi dipinti, la luce su cui noi ci soffermiamo per indicarne il genio, è un bianco che si afferma per contrasto: se non ci fosse ombra, non lo vedremmo."

Quella notte, mentre mi accompagnava al Ghetto dove dormivo, disse che aveva avuto una moglie da lui amatissima. Si erano sposati nel gennaio dell'85 – anno in cui comprò una moltitudine di agende, disse, per la gioia di quell'inizio bello e promettente –, ma l'anno successivo lei se ne andò, senza molto spiegare.

"Avevo creduto di poterle offrire la mia oscurità, la fame del mio cuore, come in quei mirabili versi di Borges," raccontava mentre attraversavamo la notte come viandanti che non hanno un ritorno da qualche parte, nessun ritorno. "Ma era una strada difficile, troppo faticosa da percorrere se di notte, nel letto, il mio fiacco temperamento mi impediva di essere virile come lei avrebbe voluto."

Poi aggiunse:

"Fu allora che iniziai a sentirmi in colpa per il mio stato d'animo. Sei un uomo a metà, mi disse mentre se ne andava. Le diedi ragione e me ne convinsi."

Questo cantatemi o Muse, che abitate le olimpie dimore,
fin dal principio, e ditemi quale per primo nacque di loro.
Dunque, per primo fu Caos, e poi
Gaia dall'ampio petto, sede sicura per sempre di tutti
gli immortali che tengono la vetta nevosa d'Olimpo,
e Tartaro nebbioso nei recessi della terra dalle ampie strade,
poi Eros, il più bello fra gli immortali,
che rompe le membra, e di tutti gli dèi e di tutti gli uomini
doma nel petto il cuore e il saggio consiglio.

Dunque, per primo fu Caos

Per primo fu Cloe, poi Anais e infine Esoluna.

Nomi che ho dovuto darmi per decifrare le voci che venivano da un sotterraneo accuratamente evitato. All'anagrafe ero Clotilde, nome delle gloriose in battaglia come la zia Tilde, ma io ero stata fatta prigioniera alla nascita.

La verità è che ho conosciuto troppa vergogna per poter sostare a lungo nei miei panni e troppe cose sono accadute per riuscire a fermarmi in una città, a stabilirmi in una casa oltre un certo tempo.

Ci si mise l'incendio. Avevo diciotto anni quando la Casa dei timidi prese fuoco, un inspiegabile viluppo di fiamme ci costrinse a lasciare la Collina. Di nuovo per me finiva tutto, come già era stato. Di nuovo ero sola, con un rumore continuo nella testa, le gambe vacillanti, quella sensazione definibile solo con una parola: vuoto. Quanto vuoto si può sopportare? E in fondo a quel vuoto, quanti rami secchi andranno a incagliarsi?

Nel tempo che si interpose tra quella data e il mio soggiorno a Venezia, l'implacabile crudeltà degli eventi mi portò a esplodere in crisi periodiche. Leggevo Novalis in quel periodo, di noi che cerchiamo ovunque l'assoluto, ma è dentro di noi che ristanno i regni dell'eternità, dentro di noi è l'universo, se vi accedessimo per vie misteriose... In noi, il passato e l'avvenire.

Se le cose stavano così, era tempo che mi decidessi, tanto più che la mia costanza d'angosce continuava ad opprimermi, e poi c'era quel peso che premeva indisturbato e io non sapevo dargli un nome.

Tra quelli che conoscevo alcuni avevano alle spalle anni di analisi, per tacere di mio padre che portava i suoi pazzi in casa e li frequentava anche dopo la terapia: la pazzia non esiste, diceva, esistono le ferite dell'anima, esiste l'inconscio inascoltato. La via della guarigione, ripeteva, non è nel dominio di Babele, nelle costruzioni focalizzate o nel castigamatti: è nell'ascolto che si perfeziona il mistero di ciascuno. Peccato che in casa ascoltasse poco, per lo più ci ignorava. Si aveva l'impressione che Manfredi vivesse credendo vere solo le ore trascorse al lavoro, per il resto sembrava mentire a sé stesso piuttosto che vedere le cose com'erano. Un abisso di ignoranza di sé e su quelli più vicini a lui; il calzolaio che ha sempre le scarpe rotte, diceva la zia Tilde, che nel suo piccolo aveva una vera e propria ossessione per le scarpe.

Qualcuno ci andava perché l'analista era ormai una figura essenziale nelle nuove tendenze e il suo lettino una specie di transizione di stato, e chi non ci si era mai sdraiato veniva compatito durante l'aperitivo, negli happy hour, persino al brunch o al lunch di un lunedì a Milano; altri, più seriamente, ci andavano fiduciosi nel metodo, qualcuno da dieci anni o quindici e non se ne vedeva la fine e, anzi, in alcuni casi le nevrosi risultavano inasprite dal continuo anatomizzarle, e anche in conseguenza di ciò io mi chiedevo a che cosa servisse andare a parlare a pagamento delle proprie paure se non possono essere eliminate all'origine. Una delle mie, per dire, riguardava il consumo di conserve sott'olio, considerate dal punto di vista delle spore venefiche che potrebbero svilupparsi in assenza d'ossigeno: non è che parlandone all'analista, per anni e a pagamento, le spore spariscono per sempre da tutte le conserve presenti e future, nessuno può sapere in anticipo se quelle spore si produrranno, lo ignora perfino chi le fa, difatti non può prevedere che cosa si annniderà nella conserva una volta messo il tappo, e nessuno ne saprà niente finché non si aprirà il vaso e nemmeno questo basterà, giacché le spore venefiche non si mostrano, ma si fanno sentire poi nei muscoli che si paralizzeranno, sei ore dopo averle ingerite con il cibo o anche dodici, e insomma parlarne all'analista non mi avrebbe cautelato dai veleni, l'analista non è Dio che può sapere se nelle conserve c'è o non c'è il veleno, solo Dio può saperlo con un sufficiente margine d'anticipo, ma certo non viene a dirtelo prima, aspetterà anche lui quelle sei o dodici ore, a seconda, e poi deciderà se salvarti o meno, e lo so, lo so che è un fatto un po' miserello questo delle conserve, ma non così tanto se, poniamo, anche le capre solitamente immuni a mali innominabili devono temere foglie e fiori dell'oleandro, e non riesco a immaginarmele sul lettino dell'analista a ripetereripetereripetere la sacrosanta paura di imbattersi nel frutto velenoso, e con questo non voglio dire che le capre non debbano temere anche le spore venefiche delle conserve, ma insomma sto cercando di allineare le ragioni per cui nella mia cerchia di conoscenti ero la sola a non aver mai messo piede in una stanza eretta intorno a un lettino.

Le mie prime sedute furono esplorative. La psico mi osservava senza parlare, io guardavo la finestra e, oltre la finestra, la notte che scendeva invasa dalla mia questione: cosa doveva accadere entrando e uscendo dal mondo della notte? Credo che comunque mi piacesse sperimentare la flocculazione del tempo da me pagato e di cui potevo disporre come volevo.

Dopo un paio di sedute silenziose, la psico aveva assunto l'aria di chi sa alcune cose di te prima di te, cose che forse tu non intenderai mai, ma una di quelle volte rise, trovandomi evidentemente molto buffa.

Fu allora che mi prese una vitalità terrifica, come se d'improvviso mi fossi messa in comunicazione con una forza misteriosa che aspettava solo di mandarmi le parole, che infatti erano pronte a uscire al modo di certe formiche ultraveloci che appaiono al centro di una mattonella e non si capisce da dove vengano, dato che non ci sono feritoie né buchi e persino il battiscopa è intatto. E siccome era necessaria una sceneggiatura, dalla seduta successiva mi presentai con un tailleur da promoter di me stessa, espressione lucida, borsa all'avambraccio; quindi, mettendole gli occhi addosso e con un sicuro possesso della voce esordii:

"Qualunque idea lei si sia fatta di me è sbagliata. Mi chiamo Anais e sono una donna carica di primavere, piena di inizi. Non ho lamenti da levare, strazi da raccontarle, sensi di colpa. Per questo ho taciuto finora. Non ho avuto una madre terribile, né un padre assente o padrone, come nella migliore tradizione.

Non ho abbandoni da curare, ferite da riparare, disagi emotivi. Penserà: che vita noiosa! E invece devo contraddirla ancora: mi diverto, ho mille interessi e un lavoro che mi soddisfa, sono un'artista. Lavoro con le luci, le installo al massimo grado di splendore presentendo di avere il compito di togliere il genere umano dalle tenebre. Ne consegue che non sono mai stata depressa, nemmeno per un istante, non conosco buio, rifuggo la notte... Penso e agisco positivamente e tutto ciò che mi torna è positivo, modifico quindi la realtà intorno a me con la mia positività. Sono leggera nelle relazioni. Ho amici, tanti e leali, conosco lingue e culture in una moltiplicazione continua. Ho amanti che lascio e riprendo a mio capriccio. Sono in gran forma, centrata su questa me che mi corrisponde in pieno. Non ho lupi interiori a rosicchiarmi il fegato, non vivo nel passato e confido nel futuro ma come astrazione: è al presente che guardo e nel presente vivo, il solo tempo che ci è dato di vivere. Sono felice, ecco tutto, e in questo modo contribuisco alla felicità collettiva."

Conclusa la parte, notai che gli occhi della psico si erano fissati sulle mani che tenevo chiuse a pugno. No, non ero pronta a interrogare severamente la mia coscienza, figuriamoci il resto che era copiosamente abitato come il fondo di un mare che non è mai uscito dai limiti, che si è messo da sé un freno ai flutti.

Seguì un lungo silenzio.

"Perché è qui, Anais?" disse poco prima che il tempo della seduta finisse.

Come potevo spiegare senza apparire patetica? Le avevo appena fornito un'immagine disgraziata di me, provava orrore o compassione?

Tentai l'ultima carta, quella più sincera:

"Sono qui perché lei mi convinca attraverso le vie del suo mestiere di essere quel che le ho appena detto." E ritirai lo sguardo, l'avevo fatta grossa e certamente mi avrebbe mandato via, non ci saremmo più viste.

"Anais, perché vuole procurarsi un disturbo che non ha?"

Ecco che le avvisaglie di una colica si fecero sentire con due o tre fitte ai fianchi: mi succedeva sempre così quando l'ansia che poteva assumere molte forme sceglieva di sostare sullo stomaco o nel mio ventre già spossato.

"Ho un disturbo che non so come esprimere," dissi, "sono nata triste e non c'è posto in questo mondo per quelli come me."

L'ora a disposizione era ormai finita, ma la psico non accennava alla porta, non dava segni d'insofferenza come quelli per i quali il tempo è denaro. Continuò a guardarmi: i suoi occhi percorrevano la mia figura soffermandosi su questo o quel distretto, e io mi vergognavo di occupare tanto spazio, di essere così visibile, a tal punto visibile, e con una colica in corso.

"Dovrebbe iniziare a concentrarsi sul corpo," disse alzandosi e allungandomi il bigliettino su cui aveva segnato la data dell'incontro successivo. "Il suo povero corpo è come se fosse staccato da lei, c'è disarmonia tra le parti. Inoltre, lei non entra in relazione con l'ambiente in cui si trova."

Lontano

Pare che nelle scienze empiriche qualcosa esiste se gioca un ruolo in una spiegazione. Il mio corpo mi era oscuro: dunque, esisteva o no? Spesso ne ho fatto un uso incauto. Andò così a quel tempo con Jerus, sulla Collina. È andata così quando ne ho fatto terra di conquista di uomini in cerca di una scossa al proprio quotidiano. L'interpretazione che ne davo si fondava sulla certezza autofermentativa che quelli che incontravo erano il riflesso dell'amore che suscitavo, il riflesso di ciò che ero, cioè "non abbastanza". Era come se in me urgesse l'abisso.

"Sei come tuo padre," sentenziò la zia Tilde, quando le telefonai per dirle che ero incinta ma non sapevo se tenere il bambino. "Non è mai bene andare puttaneggiando, vedi che fine si fa?"

"Cara zia," risposi, "aver avuto una madre come la mia ha fatto di me quel che sono. Ci voleva morti e morti siamo, perciò io non posso generare vita."

"Ma cosa dici? Tua madre è una santa."

"Era tua nipote e ne difendi la memoria, lo comprendo."

"È mia nipote! Di quale memoria straparli, Clotilde?"

Mi ero spinta fino all'estremo: le avevo telefonato perché era quanto di più vicino ci fosse a Beatrice, ma avevo sbagliato.

"Clotilde, Clotilde, non esiste più nessuna Clotilde." E misi giù il telefono.

Presi la mia decisione in capo a qualche ora, senza chiedere il permesso a chicchessia.

Mi chiamo Anais e per un po' di anni, al primo canto del gallo, me la svignavo da ogni letto d'uomo in cui fortuitamente ero entrata. Una stilettata di piacere asciutto e poi pensavo con questo ho chiuso. Talvolta un'occhiata sorniona mi turbava, ma non per molto. Viltà tipicamente maschile, si dirà. Ma dopo secoli di fughe dai letti femminili, proprio io sono da biasimare?

A lungo ho vissuto con un coltello alzato nel buio. Voglio dire che per quanti colpi abbia ricevuto, altrettanti ne ho dati. Ho amato chi se ne andava e non ho amato chi mi guardava e taceva. Jerus, per esempio. Abbiamo continuato a vederci per qualche tempo dopo aver lasciato la Collina. L'ultima volta nella camera di un motel asettico che aveva lastroni al posto delle finestre e la moquette impolverata. Avevamo pagato per una notte, ma restammo poche ore: prima un lungo frastornante abbraccio di reduci, poi lui dentro me, poi lui che mi confessa il suo amore, e io che ho fatto? Ho distolto lo sguardo, grazie a un vecchio apprendimento. Meglio non vedersi più, gli dico; segue sfilza di parole per dire quanto non ci fosse niente da dire. Forse era Jerus quell'amore eccezionale che non sarebbe andato sprecato, ma come facevo a fidarmi? Non potevo aspettarmi salvezza da uno scampato come me all'orrore che ha causato gli altri orrori. Oppure allontanarlo fu un altro dei miei stratagemmi per negarmi la vita, una raffinata forma di dissipazione di me.

Per lo più sono andata avanti così, senza destino, come veniva. In un continuo saliscendi di stati emotivi, non ho fatto che cercare qualcuno che curasse la mia ferita; qualcuno a cui, in una vita precedente, avevo lasciato la chiave della gabbia in cui mi sentivo rinchiusa. Qualcuno fuori di me, beninteso, e sempre un uomo che con il suo sguardo mi definisse, con le sue mani mi rendesse percepibile il corpo che altrimenti non sentivo. Quando tutto crolla resta il corpo, dicono. Questo povero corpo deputato a reggere una mente che torreggia sulla carne. Questo corpo mai abbastanza sfiorato, mai abbastanza accarezzato, una minuscola scimmia che corre ad avvinghiarsi al fantoccio che rilascia calore, anche se non le dà latte.

Non mi sono risparmiata niente, nemmeno l'avvilimento degli amori falena – o amori in fretta, quelli in cui non è dato neanche di abituarsi al suono del proprio nome pronunciato dall'altro, se lo pronuncia. Un giorno inciampai in Egeo. Tre soli incontri, una dozzina di telefonate e un subisso di parole scritte. La relazione, a volerla definire così, nacque e finì in tre mesi; tre mesi di: non faccio che pensarti, amata e amante come i cigni selvatici a Coole… Tre mesi, ma il suo ricordo è rimasto vivo in me in una incomprensibile durata.

"Anais, che nome sensuale," disse quando ci presentarono, io al secondo bicchiere di vino, la vista splendida da quel punto della terrazza. In quei mesi avevo iniziato a correggere bozze per una casa editrice che pubblicava libri per l'infanzia. Egeo, addetto alle pagine culturali di un quotidiano, era al terzo bicchiere. Una festa, forse, o un commiato, non ricordo.

"Perché ti hanno chiamato così?" gli chiesi mentre il vino agiva sui serrami.

"È il nome di chi anela al mare e non lo teme," disse.

Fu un istante, un solo preciso istante, e da quel mare intemuto fui travolta, subito e senza cautele, come accade a chi non si protegge. Cominciai a ritrovarlo nei libri, fra le parole; toccavo l'immagine di lui nell'aria del mattino e poi a notte, un piccolo dolore così terso, un presagio di fine imminente.

"Mi pensi?"

"Sei sempre nei miei pensieri."

Vennero però le cautele. Egeo temeva il mare, aveva moglie e figli.

Sii paziente con me, diceva, e io paziente avrei atteso il compimento del destino, nella silenziosa vicinanza di un incontro d'anime. Col tempo, mi dicevo, nel tempo avremmo trovato la piccola strada mai battuta, nei notturni degli amori vissuti di nascosto, in tutta la ritrazione dell'amore che non può darsi al giorno. Belle parole, sicuro, ma alla prova dei fatti era insostenibile dover sparire dal suo cuore quando le circostanze lo richiedevano. Un passo indietro e non era più vero niente. Ciò che potevamo essere si rivoltò improvvisamente contro di me: diventai un pericolo, di colpo un pericolo per la stabilità di lui. Ci dicemmo addio perché era l'unica cosa da fare, contro l'evidenza di una tale impossibilità.

Egeo prese da me quel che poté, rinserrandosi quando cominciai a chiedere qualcosa in più. Come nella più classica delle situazioni di questo tipo, si era mosso da predone. Ma alla resa dei conti io non lo ero stata altrettanto, mentre aspettavo – mentre speravo – che si disfacesse la sua famiglia? Proprio io che sapevo quanto fa male scoprire che tuo padre ama qualcuno che non è tua madre, che non sei tu.

La verità, la mia verità, è che siamo tutti ciechi come nella parabola dipinta da Bruegel: nessuno conosce la strada e ci trasciniamo a fatica, dando il bastone a chi è dietro.

Ed ecco, Bruegel il Vecchio, morto in piena
vendemmia,
prese dei colori e con le dita del cuore
ci propose la storia di tutta l'estetica:
"Io dipingo la vita degli uomini.
Toglietevi il cappello e salutate."

Pure, le avevo provate tutte per smettere di mendicare affetto, anche impormi il movimento, i viaggi. Viaggi intrapresi con furore iniziatico, assieme ai presentimenti di viaggio – quelli, cioè, da ferma, cautamente chiusa in casa quando la cattiva volontà prendeva il sopravvento e i mezzi d'azione di cui potevo servirmi per avere la meglio su di me sembravano di un'idiozia asfissiante; viaggi alla rinfusa, fino a Ortilla, città fredda e con una sua precisa architettura di paesaggio: orti obliqui, giardini d'inverno, serre ricoperte da un film di seta prodotta senza posa da grossi bachi; e poi fiori geometrici, tappeti urbani d'erba convessa e, santo cielo, migliaia e migliaia di bonsai ai cui rami qualche volta ho pensato di appendermi, e dicevo Ortilla, di un'essenzialità tendente in forme assolute alla sparizione, e infatti – cucù – non esiste, ma chi può giurare che non esista, io potrei ritornarci domani, potrei andarci anche ora, dopo appena un paio di cicchetti che comunque, Ortilla o non Ortilla, aiutano, parola mia.

In uno dei viaggi – e davvero ora non saprei dire a che punto della storia – mi ritrovai in un défilé di drammi. Era una parata di piccoli corpi che si sforzavano di sembrare ben accordati nelle parti, di mostrare un'armonia che non potevano avere. Si arrivava alla sfilata seguendo le indicazioni del dépliant che riportava la data e il luogo, oltre alla scritta "Venite a incontrarli!"

All'ingresso si prende il catalogo, si entra e subito si nota la grande passerella, collocata in mezzo a due file di sedie già occupate. I presenti sfogliano le pagine del catalogo illustrato e sorridono con condiscendenza alle fotografie, leggono le didascalie: Filo ha dodici anni, ama stare al centro dell'attenzione e adora le rose. Dido parla tanto, anche di cose profonde come l'economia e la politica. Genua ha undici anni e sarebbe felice di cucinare per la sua nuova famiglia...

Per oggi sono sedici. Alcuni di loro, già adottati in precedenza, sono stati restituiti e ora, vestiti come per una festa e pettinati al bel modo, sono pronti a sfilare davanti agli occhi interessati di nuove coppie di potenziali genitori. Per i disadottati, il catalogo riporta "adozione con periodo di prova": una sicurezza in più per le nuove mamme e i nuovi papà.

La sfilata inizia e una voce accompagna l'ostensione dei bambini ripetendo nome età piccole attitudini. I bambini incedono uno per volta, si mostrano da un lato e dall'altro, sorridono: devono vendersi, lo sanno bene.

È il turno di Giona, disadottato tre volte, testa incassata nelle spalle e occhi che fissano un punto lontano.

Le coppie prendono appunti, li confrontano con i dati riportati nel catalogo, sorridono quando la voce mette in luce gli aspetti ancora infantili dei più grandi.

L'ultima è Pea. Ha dieci anni, è nera, gli occhiali troppo grandi le coprono la faccia. Mostra una grande euforia, attraversa in trenta secondi la passerella, si volta, inciampa, gli occhiali finiscono lontano, li cerca tastando con le mani, intanto si scusa, si scusa mille volte, scusate, dice, non ci vedo. La voce annuncia che la sfilata è terminata, nell'altra sala verranno serviti vino bianco e pasticcini. Pea continua a scusarsi e resta inginocchiata, non vede niente; nessuno le presta attenzione, sono tutti in piedi, voltati di schiena, discutono fra loro.

Lasciai la sala in lacrime. Ma poi perché? Era una realtà che in parte conoscevo, anche se non con la spietata accuratezza dell'età adulta. Il Generale – qualcosa sapevamo – s'infiltrava in adunate di questo tipo e, se non riusciva attraverso le vie ammesse, riusciva con metodi inammissibili.

Se sarà necessario, diceva, rapirò, truffèrò, diventerò orribile, ma non resterò a guardare.

Collina

Mangiavamo gnocchi quando le faccende lassù si complicavano, quando un nuovo arrivo richiedeva che si zittissero le domande balzane o inopportune di noialtri. Ci davano questi gnocchi che galleggiavano nel rosso ineffabile del pomodoro – fuselli di formaggio sotto la crosta e la crosta che era fatta di molliche al gratin e le molliche che erano del pane cotto a legna –, gnocchi succulenti con licenza di insozzarci bocca e naso, e poco dopo giacevamo confusi nel torpore. Del resto, non toccava a noi sgarbugliare le faccende, voglio dire che non dovevamo pensarci noi, dovevano pensarci loro, oppure Dio, che so. A dirla tutta, ci sembrava che le faccende si risolvessero da sé, mentre ci distanziavamo da queste, mentre precipitavamo in qualcosa di simile al sonno. Gli gnocchi corretti con il sonnifero erano il regolatore della comitiva, i trasduttori di auxine in corpi *abscissi* dalla pianta madre. Ci svegliavamo e nessuno parlava più della faccenda, eravamo di nuovo tutti assieme, a casa, con uno o due elementi in più.

Il venerdì sera era dedicato ai racconti. Il Generale ci chiamava a raccolta nel salotto, ci invitava a sederci sul pavimento e, affondato nella sua poltrona di velluto rosso, iniziava. Di solito erano storie di bambini, semplici o complicate fantasticherie e qualche volta cronache di fatti realmente accaduti, o così sembrava. Qualcuno si dava pizzicotti per non addormentarsi, qualcun altro diceva che ascoltare era sempre meglio che recitare preghiere. A me piaceva sostare nel salotto a sera, il fuoco del camino mi riscaldava il naso, e poi c'era il pianoforte che Madame suonava in sottofondo. Il pianoforte era la ragione per cui Jerus si tratteneva con noi: non aveva interesse per i racconti ma, restando tutto il tempo con gli occhi fissi sulle mani di Madame, diteggiava sulle ginocchia e eseguiva la copia precisa dei suoi movimenti.

Uno dei racconti che più mi sedusse riguardava una spedizione di bambini i quali, agli inizi del Duecento, s'incamminarono per la vecchia Europa aumentando via via il loro seguito, convinti di poter raggiungere Gerusalemme solcando il mare come aveva fatto Mosè. Si trattava certamente di una leggenda, e finiva anche male, una ingenua leggenda che serbava al fondo qualcosa di vero, ma il Generale aggiungeva che un giorno o l'altro ci sarebbe stata una nuova spedizione, e stavolta sarebbe andata a segno: presto o tardi altri bambini, oh tantissimi vedrete, si riuniranno per incamminarsi verso il Monte e, raggiunta la cima, rivolgeranno a Dio una domanda, solo una: cosa c'entriamo noi?

Da quella sera ho immaginato spesso, e qualche volta sognato, di trovarmi nel corpo di un'impresa di quel tipo, centinaia di minuscoli che incedono verso il Monte della domanda calcando la terra, e la terra li sostiene con un soffio animatore. Ancora oggi mi ritrovo a pensarmi in una spedizione di fanciulli per poter poi dire: Generale, sta' a sentire, vedi che la spedizione è andata a buon fine? E trascurare poi di dirgli che in un angolo della terra c'è una bambina riversa sulla sponda di un fiume, è rimasta lì, impigliata per sempre nella creta, tra lei e una vita migliore hanno alzato un muro inviolabile. Su certi muri le morti restano impresse come incisioni preistoriche. E mentre lo dico mi pare che la vergogna mi debba sopravvivere.

O Lucilio – scriveva Seneca – pensa che gli dèi, quando ci erano propizi, erano fatti di creta.

Lontano

Ho trovato un appunto su un foglio nascosto tra i libri. La grafia è incontestabilmente mia, quindi l'avrò scritto io:

> Per quante strade si percorrano, per quante se ne cambino, arriverà il momento di prendere per quella via che darà senso alle altre. E non importa dove e perché ti sei perso. C'è un varco da cercare, erto, nascosto oppure sconciamente evidente (l'attesa al varco è forse questo?). Lo attraverserai e ti ritroverai là dove si ricrea qualcosa; senza accorgertene ti ritroverai in un nuovo inizio.

Il varco. Il nuovo inizio. Parole delicate, incantatorie, piene di luce. Quando le ho pensate? Un nuovo inizio, come no. Ci sono vite che sono vie senza uscita, piegate sotto il carico di pesi disforici.

Forse le ho pensate una mattina illuminata, avrò aperto la finestra e il cinguettio degli uccelli mi ha assalito, avrò annusato l'aria inalando premonizioni di primavera e il mio corpo è rimasto ancorato al pavimento, nonostante la finestra aperta. In effetti, poteva accadere che mi cogliesse il buonumore dell'ora dei frollini, quando il giorno nuovo si ridistendeva davanti come un tappeto appena battuto e per qualche minuto non sembrava esser stato ripetutamente calpestato. Un buonumore non nato dal caso, piuttosto un segno del cielo, come di un dio che volesse significarmi la sua presenza.

Ciò che voglio dire è che quanto sostenuto ieri, o una pagina fa, potrebbe non valere più, potrebbe perfino valere il contrario. Segno di abiezione? Dicono che sia segno dei tempi. Questo meccanismo di abiura automatica l'ho attuato per un tratto della mia vita, quando ciò che dicevo e pensavo aveva valore in relazione al consenso che ne traevo. Mi spiego: la mia identità frantumata trovò una temporanea ricostruzione (anastilosi virtuale) nell'identità che post dopo post mi ero costruita sul social network, al punto da convincermi che stare nelle cose del mondo significasse postare. Il consenso che ricevevo al racconto di me è stato uno strumento di negoziazione miracoloso: la popolarità del mio profilo virtuale aveva ricadute sulla piega delle mie giornate, sull'idea stessa che io avevo di me. Postavo al mattino, di solito il buongiorno intorno alle dieci, seguito dal link a un fatto di cronaca. Poi un contenuto d'opinione al pomeriggio. Infine la sera, ma a quel punto erano versi, musica o una mia foto. Una linearità che seguivo nei giorni senza emergenze, ovvero nei giorni senza morti celebri, sciagure, attentati, terremoti, premi Nobel, film agli Oscar: in quei fatali casi gli orari dei post venivano sovvertiti. La cosa importante era comunque riportare un numero considerevole di consensi (cuori, ma anche semplici like e faccette sorridenti). Ed ecco il primo like, seguito da altri due, tre, cinque, in poco tempo ne arrivavano quindici, venti – sui tempi di reazione alla pubblicazione si giocava la tenuta del post; a quaranta like nel primo quarto d'ora potevo ritenere riuscita la giornata.

Ero arrivata a convincermi che la vita si realizzasse raccontandola a un numero sempre crescente di destinatari (non interlocutori, dato che le opinioni altrui non mi interessavano, avevo già le mie su ogni singolo accadimento; opinioni non surrogate da riflessioni, ma comunque necessarie a *esserci*, che in chiave evolutiva era: essere con-diviso), destinatari dicevo dal cui gradimento mi veniva restituita un'immagine di me finalmente vincente. I giorni senza like erano giorni persi. Le cose fatte senza dignità di post erano cose prive di senso. Viceversa: una mela, un tragitto (anche breve, fino in panetteria), ogni cielo, strada, lampione, casa con gerani o senza, per non dire di cani, gatti, pappagallini, tutto acquisiva dignità di post.

Il social network realizzava l'*esse est percipi*: finalmente percepita, venivo riconosciuta, approvata. Lo sguardo dell'altro non era mai stato così benevolo: bastava un post per essere qualcosa. In breve, piacevo. Va da sé che tale sguardo doveva esistere solo per questo, senza cercare di mettermi in discussione; era uno sguardo necessario al mantenimento della percezione, non poteva né doveva pretendere reciprocità.

Il mio edificio virtuale cominciò a scricchiolare il giorno in cui mi ritrovai coinvolta in una disputa da cui uscii segnata. Quella mattina fotografai i versi di una poesia di Walt Whitman, ricopiati a mano su un biglietto che misi accanto a una tazza da tè Villeroy & Boch, riempita fino all'orlo di caffellatte. Ricordo ancora i versi – "Che cosa c'è di buono in tutto questo? La risposta è: che tu sei qui, che esiste la vita, che tu sei vivo..."

Lanciai il post, piena di fiducia nell'ardimento dei miei contatti che certamente avrebbero contribuito con un proprio verso al potente spettacolo della vita (virtuale). Così era stato fino ad allora.

Devo fare una premessa, che è anche una parziale ammissione di colpa: al mattino bevo latte, anzi qualche volta lo bevo anche di sera, prima di dormire, intiepidito e con il miele se è inverno. Potrebbe, questa, costituire una circostanza attenuante, l'ammissione di una specie di minorazione rispetto alla quale sperare in un po' di indulgenza. Al contrario, i miei contatti sul social network non furono indulgenti. Dapprima arrivarono in forze i puristi del caffè, che additarono come rozza miscellanea la combinazione con il latte. Vennero poi gli avversatori del latte, che parlarono di infantile vagheggiamento: sei forse un vitello? Ma la disputa si fece sanguinaria quando giunsero i sostenitori del tè, che ritennero insanabile la divisione che si era determinata tra me e loro con l'utilizzo di una tazza da secoli dedicata alla loro aurea bevanda per qualcosa di indefinibile come il caffellatte. Qualcuno più pietoso disse che ero solo superficiale, al limite ignorante; qualcun altro passò agli insulti, mentre altri sventolarono un corredo di minacce che non è il caso di ripetere qui; capii allora che nessuna conciliazione era possibile e in buon ordine mi ritirai rimuovendo il post.

Dopo l'accaduto, il numero dei consensi ai miei post si ridusse sensibilmente. Post dopo post la mia identità riprese a vacillare, fino a tornarsene in pezzi. Mi tolsi dal social network nelle stesse condizioni in cui vi ero entrata, di nuovo rincorsa da ogni parte dalle ombre che andavo addizionando.

Villaggio

L'ultima estate che io e Emanuel passammo insieme fu memorabile per la noia, ma almeno la noia era qualcosa di fisso, non una condizione che si trasformava di colpo in tutt'altro (in paura, per esempio). Chiusa la scuola, nostra madre ci mandò nella tenuta della zia Tilde, una specie di ranch con un ronzino e una vacca smunta che di profilo somigliava sinceramente alla zia. Furono lunghi mesi pieni di sole, di pianura infuocata e cicale che in coro stridevano. E c'era una farnia davanti alla stalla, aveva il tronco cavo.

In realtà la zia si chiamava Clotilde e a me è stato dato il suo nome, anche se non ho mai capito perché le era stato fatto omaggio. Suppongo che nostra madre le volesse bene – era sua zia e in famiglia l'affetto veniva trasmesso come le superstizioni, come le grossolane devozioni –, ma io ho smesso presto di volergliene.

Beatrice ci mise in un treno – un treno fatidico ricorre spesso nei miei ricordi di lei – e ci salutò con la mano. Sapeva dei tradimenti di nostro padre e ci allontanò per prepararsi alla guerra.

In viaggio, mio fratello e io sedevamo l'uno di fronte all'altra. Nel vagone c'era un cane, di piccola taglia, nero e solo, di quei cani col muso lungo e il naso che è un radar e lo sguardo di Rita Hayworth nelle foto, uno sguardo pieno di ciglia lunghe, di un seducente trasecolare. Puzzava di cane bagnato, ma non era bagnato. Quando mi saltò in braccio, Emanuel parlò:

"Puzzerai di cane bagnato."

"Posso tenerlo, secondo te?"

"Fra poco verranno a riprenderselo."

"E se non viene nessuno?"

"Se non viene nessuno morirà di dispiacere e io non ce la faccio."

Mio fratello era così, misteriosamente offeso dalle cose che ci accadevano, un vecchio bambino che trascinava i piedi come fossero assaliti dalla cancrena. Lo guardavo lasciarsi sfinire dal viaggio, aveva solo due anni più di me ma era già una figurina di dolore priva di conforto. Avevo un presentimento – se ne possono avere da piccoli? –, sentivo che non ci sarebbe stato per sempre e interpretavo la possibilità della perdita come una punizione divina che mi avrebbe colpito presto.

"Dio ci punisce sempre per i nostri peccati?" gli chiedo fissando un punto depresso del suo sedile.

"Sempre."

"Non potrebbe chiudere un occhio ogni tanto?" E attendo una risposta confortevole, come quando ho paura di morire per una sbucciatura di ginocchia e lui pronuncia la formula magica: morirai ma non per questo.

"Se c'è da punire, il tuo Dio non si rilassa mai." Stavolta

non mi rassicura, neppure mi guarda, si volta verso il finestrino e alita sul vetro.

"Il mio Dio è diverso dal tuo? Al catechismo dicono che c'è un solo Dio."

"Dicono scemenze. C'è il Dio assegnato a noi e c'è quello degli altri. Io ho deciso di rivolgermi a quello degli altri, visto che il nostro non sente, se la dorme, forse beve."

Nei suoi ragionamenti, mio fratello assegnava al Dio degli altri un'infallibile generosità, e poi buona indole, prontezza al perdono. Doveva trattarsi di un Dio del tipo vigile che offriva appoggio continuo ai suoi, e questi non avevano nulla da temere, non venivano puniti, non dovevano piangere, non perdevano i capelli né niente... Ah! Potevano mangiare più del necessario, doppia ciambella al cioccolato, più latte e Nesquik, senza ritrovarsi con il mal di pancia. Per questo gli si era rivolto con fiducia, offrendogli la sua persona come un figlio che guarda al padre suo.

"È il Diavolo?" gli chiesi, mentre una voce annunciava che eravamo quasi a destinazione.

"No! Non voglio altri problemi."

"E chi è allora il Dio degli altri?"

Guardò di nuovo fuori, il treno stava rallentando prima di entrare in galleria. Si vedevano i campi di grano, la giornata era buona, con un bel sole. Sul vetro sporco disegnai un alberello che spezzava la monotonia dei campi gialli. Tornò a guardarmi. Un minuto dopo il treno si fermò e le luci interne rimbalzarono sui nostri visi, ora avevamo il colore al neon dei negozi in cui non entra più nessuno. Si portò le mani sulle guance. Era un bambino anche lui, eppure con i segni di una vita già lunga sulle spalle. Prese un respiro e andò indietro, accostandosi al sedile.

"È un Dio che non fa soffrire," disse.

Poco dopo vennero a riprendersi il cane.

Non dirò nel dettaglio le azioni di guerra che Beatrice predispose contro il marito, nostro fuggevole padre, quando ne scoprì i tradimenti. Del resto, a chi gioverebbe rimescolare nel torbido, cercare appigli, scuse?

Nostra madre ci parlava del marito infedele come non ne fossimo i figli, ci parlava di nostro padre come di uno schifoso che possedeva l'amante tra una seduta di psicoterapia e l'altra. Quell'anno, Manfredi si era innamorato di una donna che vendeva fiori nel negozio che confinava con il suo studio nel terraneo.

"Fior di puttana," gridava nostra madre.

Nostro padre chiese il divorzio.

"Mai," disse nostra madre.

Nostro padre preparò le valigie e annunciò che dopo l'estate si sarebbe trasferito nel terraneo.

"Crepa," disse nostra madre.

Ma ora non voglio dire di più. C'è una soglia oltre la quale non si torna indietro: quell'anno la valicammo più volte.

Dirò invece del mio desiderio più grande: avere un cane.

Pochi anni di vita bastano a capire la propria destinazione e la mia era l'accudimento, in cambio di un po' d'affetto. E poi mi sembrava che abbracciando il cane abbracciavo me. Per questo non andavo verso i gatti, la cui natura insondabile, direi misteriosa, ho amato in seguito.

Quando Emanuel e io ripartimmo dal ranch della zia Tilde, finiva già l'estate. Nostra madre non c'era. Nessuno gridava. Nostro padre amava i fiori più che mai. Uno di quei giorni, che in fondo furono di quiete, nostro padre decise che avremmo cenato all'aperto e all'americana, e per le scorte ci portò al supermarket appena aperto nel villaggio.

Era il tempo dell'espansione. Le membrature delle case che erano nate al pianoterra si verticalizzavano in una settimana. Edifici sbilenchi e palazzine a più piani sorgevano in una notte. Ai lati del torrente che attraversava il villaggio si vedevano ruspe e mucchi di terra. D'improvviso la pescaia fu sovrastata da una colata di cemento e chi viveva di pesca fu reclutato nell'edilizia. Si levò dalle acque un albergo che in seguito, con una ulteriore dilatazione, diventò una multiproprietà. Nel giro di pochi anni tutto il corso d'acqua fu ridotto a canale sotterraneo, tombato si diceva. Si guardava al futuro espansivo con fiducia, erano anni di spensieratezza, le cose andavano bene e le risorse del suolo sembravano inesauribili. Chi voleva arricchirsi lo faceva costruendo. Al villaggio erano attesi investitori. S'ignorava, chissà quanto incolpevolmente, che il torrente non era un corpo morto, e presto o tardi sarebbe uscito dalla tomba.

Al supermarket comprammo maionese, ketchup, senape, panini di forma allungata, würstel, sacchi di patate, arachidi, panini di forma tonda, hamburger, formaggio a fette, mele da caramellare: scorrevamo gli scaffali e prendevamo cose in quantità superiore al necessario. Ero euforica: quel prefabbricato di luci al neon e ripiani tutti uguali e metallici sembrava il paradiso, potevi desiderare e ottenere, stendevi un braccio e l'avevi.

Avevamo uno spazio nel retro della casa entro il quale erano stati sistemati tavolo, sedie e una griglia a carbonella; lo chiamavamo giardino, ma era incolto e gli abitanti non graditi, specie gli scarafaggi, ma a me piacevano, erano di compagnia.

Mio fratello riusciva a tagliare le mele a mezzaluna senza ferirsi (bravo, bis!).

Nostra madre riusciva a tagliarsi le vene senza morire (il bis lo aveva appena concesso).

In quei giorni era in clinica, perciò non si sentivano grida in casa.

E insomma un cane sgarzino color acqua sporca mi seguì lungo tutto il piazzale, fino all'ingresso del supermarket. All'uscita era ancora là. Mi venne dietro, io mi voltavo e lui c'era e così fino alla macchina ed eravamo già in uno stato di felice affratellamento. Quando l'ultimo pacco fu sistemato nel bagagliaio, ci saltò dentro il cane.

"Posso tenerlo?" chiesi a nostro padre, che non ci negava niente perché spiegare lo affaticava, quindi acconsentiva – Possiamo bere la birra? Va bene. E uscire di notte? Fate pure. Possiamo salire sulla rupe e lanciarci nel vuoto per vedere se ci funzionano le ali? Sì, potete.

"Posso tenere il cane?" ripetei.

"Tienilo."

La mattina lo cercavo nelle vie d'intorno, non era mai dove

mi aspettavo di trovarlo. Quando poi lo vedevo sbucare dal bidone della spazzatura e gridavo "Cagnaccio!", con la coda impazzita mi correva incontro. Aveva l'aria disturbata e finché è rimasto ci siamo assomigliati.

Prima che ricominciasse la scuola e potessi trovarmelo all'uscita e insieme camminare sul terreno duro e ghiacciato dagli inverni e poi gettarci nei pollini delle primavere e scendere di corsa i declivi e ritrovarci esilarati dalla velocità dei nostri corpi – il cane se ne andò. Come risucchiato dalla notte, una mattina non è riemerso dalla spazzatura, lasciandomi a cercarlo per molti giorni a seguire. Ma questa non è un'accusa, nessun rancore da parte mia. Ricorderò per sempre che ci bastava un cenno amichevole per intenderci, per raccordare i passi sui fossi, a filo del greppo. E ricorderò i suoi occhi stravaganti che diventavano complici in un istante: lui sapeva sempre dov'ero e mi guardava come sapendo quel che sarei stata.

Perché mi torna in mente? Non saprei spiegarlo, se non con la residua infantile convinzione che se avessi avuto un cane non mi sarei sentita perduta in quegli anni, e se fossi stata più forte, se avessi saputo lenire la sua pena, forse Emanuel non si sarebbe perso.

Non spezzarti, mio cuore, proprio ora.

Lontano

Negli anni lontano dalla Collina ho pensato spesso a Madame, alla mano amichevole che mi sorreggeva mentre camminavo sulle prode dei fossi. Ripensavo a lei non come a una madre, ma come a una tessitrice. Nei miei ricordi era spesso seduta su una pietra della Collina, intenta a intrecciare fili, il cielo sopra di lei uguale al cielo delle cartoline. La raggiungevo e chiedevo: "Cos'è?" E lei: "Oh, ma è una coperta di lana." E io sedevo presso di lei, la guardavo intrecciare i suoi fili e mi acquietavo. Come si spiega? In fondo, non era che un'estranea. Di lei sapevo solo che era stata una pianista, che le sue origini risalivano per le generazioni fino al Ghetto di Venezia... Nulla di più.

Credo che fosse tutto qui: ciò che mi dava – carezze quando ne avevo bisogno e premura per i miei stati d'animo – me lo dava sempre e anche quando si allontanava, e di nuovo mi sarei potuta sentire in pericolo, sapevo che sarebbe tornata con il volto rasserenato della donna indipendente che era e a cui volevo assomigliare. E ricordo di aver pensato questo, con una penetrazione allarmante per l'età che avevo, che se non c'è modo di farsi amare da chi ti ha messo al mondo, se non puoi conoscere quella felicità che è sopra ogni altra cosa, è preferibile ritrovarsi là dove può esserci per te una coperta di lana a fili invisibili. E a quel punto non contano la fecondazione la gravidanza il parto, non contano i legami biologici, le eredità del sangue. Contavano, forse, per Giuseppe di Nazareth con Gesù? Si potrebbe augurare a ogni bambino che viene al mondo almeno una culla costruita dalla mano paziente di un falegname, e una coperta di lana con cui una tessitrice gentile lo scalderà e ogni tanto, senza preavviso, gli accarezzerà la nuca.

Si dice, sottolineando un'irriducibile idea di possesso, che i figli sono di chi li mette al mondo e senz'altro è così. Solo che il verbo amare non ammette imposizioni, dato che l'amore è un sentimento che sfugge, si inabissa, ricompare e nessuno sa dove zampillerà, non esiste un test attendibile per segnalare se e quanto ne spetti a ognuno. Così, se qualcuno non ti ama, qualcun altro potrà farlo al suo posto, perlomeno potrà provarci. Io stessa potrei fare un tentativo: in un giorno qualunque, in un posto qualunque, se andassi oltre questa mia coltre d'odio, se guardassi qualcuno negli occhi, nuda dei miei dolori, potrei addirittura iniziare ad amare.

Distrussi nostra madre in mezz'ora. La incastrai con una ricostruzione minuziosa, dissi che ci voleva morti, che era stata lei a spingere Emanuel, non c'era ombra di dubbio in me. Il giudice ascoltava e annuiva, non trascurai nessun particolare, precisa, spietata in ogni singolo dettaglio: lei ci aveva trasformato in pedine da sacrificare sul suo personale scacchiere, io trasformai lei nella più terribile Medea. Volevo che pagasse fino alla fine dei suoi giorni.

Parecchi anni dopo, non provai niente quando scoprii di essere incinta. Guardai il mio corpo allo specchio, mi era estraneo. Due lineette colorate su un test acquistato con un buono sconto, qualcosa che già viveva di vita propria e incontrastata veniva a invadermi minacciando grande effusione di materia organica. Si dice "aspettare un bambino", "essere in attesa", "in dolce attesa", ma io non potevo aspettare un bel niente, io ero una comparsa senza corpo nella mia stessa vita, separata, distaccata da quello che mi accadeva.

Mi iscrissi a un corso di judo, un corso rapido in cui t'insegnavano solo i fondamentali: saluto, posizione, spostamenti, prese, squilibri... Squilibri, squilibri, ancora squilibri? A me servivano le cadute, speravo in quelle in movimento, che compissero in me quanto era necessario. Alla quinta lezione riportai una infiammazione alla spalla e mi fu impedito di proseguire.

“Non farlo, Cloe. Vieni qui da noi, parliamone.”

Affrontai la telefonata con Madame con le ossa indolenzite, come se mi avessero calpestato accuratamente. Le stavo telefonando per ringraziarla del denaro che mese dopo mese mi inviava, ma non riuscii a nasconderle il disordine che avevo in testa da quando il mio corpo dava nutrimento a un essere parassitico che senza chiedere si era installato in me.

“Non lo terrò.”

L’ho appena detto e vorrei rimangiarmelo. Come ci sono finita in una frase tanto corta e tanto feroce? Una voce viene su dai recessi: bisogna prendersi cura dei morti, amorevolmente, non sostituirsi ad essi. Non puoi fare come Polluce fece con Castore...

Ma sono solo voci, un altro parto della mente, i miei soliti tranelli.

“Potreste stare da noi,” Madame insiste. “C’è tanto spazio qui, ci sono i tuoi alberi, tutti questi alberi che ti aspettano.”

“No, non potrei, io vivo in una specie di presente dislocato.”

Presente dislocato: che accidenti significava? La verità è che speravo in una parola, la stessa che avevo sperato uscisse dal becco della zia Tilde, la parola in grado di fermare il macinio degli squadroni in avvicinamento... Ma qual era?

"Perché non vuoi che viva?" insiste.

Trascuro di dirle che ogni giorno migliaia di bambini nascono per morire. Mio fratello, per esempio. E io stessa, come ho vissuto?

"Ho deciso così."

"Lascialo da noi, lo cresceremo come abbiamo fatto con voi."

La surroga di madre che mi sta parlando riesce a dire l'unica cosa che non volevo sentire. Prendo un lungo respiro, poi...

"E dovrei abbandonarlo come la mia Xx ha fatto con me? Avrebbe fatto meglio a uccidermi quando ero in pancia."

"Cloe, da queste cose non si torna indietro. La morte giunge per sempre."

"La questione è chiusa."

Era dolce il suono che Madame effondeva chiamandomi ancora Cloe, e forse anche per questo le telefonavo, per risentire la nota di piuma nel nome che mi ero data sulla Collina: Cloe, erba verde e tenera. Solo che in quegli anni io ero Anais.

Conobbi Angela in un grigio giorno d'attesa, stavamo in un parco, la mia panchina era di fronte alla sua. Avevamo di fianco una fontana la cui base tonda ricordava un disco volante schiacciato, ma lo zampillo era spettacolare: il getto d'acqua s'innalzava al centro della vasca con un che di esplosivo e colpiva intorno con dei fiotti scintillanti. Quando ci accorgemmo di essere zuppe, ci presentammo. In seguito, avremmo ricordato quel primo incontro come il giorno delle acque.

Fu lei ad aiutarmi. Prese accordi, mi riservò una stanza e mi tenne la mano per tutto il tempo dell'intervento. Nella stanza asettica, sotto una luce cruda sparata da un faretto, io me ne stavo ancora una volta separata, distaccata, librata in aria. "Tra mezz'ora sarà tutto finito," ripeteva mentre mi arrendevo al confortevole, soffocante sonno dell'anestesia.

"Andrò all'inferno?" le chiesi con una nota regressiva nella voce, prima di chiudere gli occhi.

"Forse un giorno ma non ora," rispose, e in quel momento avvertii la stessa rassicurante sensazione che ricavavo dalle risposte di mio fratello, quando lo mettevo a parte dei miei astratti pensieri di morte.

Al risveglio dall'anestesia, Angela mi guardava dalla sedia in fondo alla stanza. Aveva trovato il modo di sistemarmi in una camera senza altre donne in attesa di partorire o di abortire. Alzandosi, il sedile pieghevole della sedia tornò in posizione con uno scatto che mi fece sobbalzare.

"Stai tranquilla," disse. "È tutto finito."

Si avvicinò e mi carezzò la testa come a una bimba cui avessero appena tolto le tonsille. A guardarmi dall'alto ero liscia distesa violacea. No, guarda meglio: ero allampanata terrea e con gli occhi incavati. Ero uguale ai fantasmi della casa al villaggio. Ero la bambina che aveva di nuovo distrutto sua madre.

Nessun pentimento, comunque. Quel grumo di carne che mi era cresciuto dentro era il frutto di una relazione priva di senso, una cosa solo genitale, durante gli incontri non mi ero mai spogliata del tutto.

Quando incontrai Angela lo avevo dentro da tre mesi, e che lei fosse un'ostetrica era il segno che aspettavo, segno che interpretai in un senso ma, a guardare indietro, avrei potuto interpretarlo anche nel senso opposto. Comunque tutto fatto, potevo riprendere il mio lavoro di correttrice di bozze per la narrativa dedicata all'infanzia. Tutto bene, nessun rimpianto, non ne risentivo neanche nel fisico, ero già in piedi il giorno seguente. Con un colpo di spugna potevo rimuovere dolorose colpe e responsabilità, annullare anche il ricordo del fatto increscioso. Ignoravo che un'altra ombra, la più potente, stava per aggiungersi alla mia fanteria. L'ombra ammutolita che più mi somigliava, la figura senza nome del bambino che come me non era mai nato.

Viveva nella terra di Us un uomo chiamato Giobbe, integro e retto, timorato di Dio e lontano dal male. Gli erano nati sette figli e tre figlie; possedeva settemila pecore e tremila cammelli, cinquecento paia di buoi e cinquecento asine, e una servitù molto numerosa. Quest'uomo era il più grande fra tutti i figli d'oriente [...]
Ora, un giorno, i figli di Dio andarono a presentarsi al Signore e anche Satana andò in mezzo a loro. Il Signore chiese a Satana: "Da dove vieni?" Satana rispose al Signore: "Dalla terra, che ho percorso in lungo e in largo." Il Signore disse a Satana: "Hai posto attenzione al mio servo Giobbe? Nessuno è come lui sulla terra: uomo integro e retto, timorato di Dio e lontano dal male." Satana rispose al Signore: "Forse che Giobbe teme Dio per nulla? Non sei forse tu che hai messo una siepe intorno a lui e alla sua casa e a tutto quello che è suo? Tu hai benedetto il lavoro delle sue mani e i suoi possedimenti si espandono sulla terra. Ma stendi un poco la mano e tocca quanto ha, e vedrai come ti maledirà apertamente!" Il Signore disse a Satana: "Ecco, quanto possiede è in tuo potere,

ma non stendere la mano su di lui." Satana si ritirò dalla presenza del Signore.
Un giorno accadde che, mentre i suoi figli e le sue figlie stavano mangiando e bevendo vino in casa del fratello maggiore, un messaggero venne da Giobbe e gli disse: "I buoi stavano arando e le asine pascolando vicino ad essi. I Sabei hanno fatto irruzione, li hanno portati via e hanno passato a fil di spada i guardiani. Sono scampato soltanto io per raccontartelo." [...]
Mentre egli ancora parlava, entrò un altro e disse: "I tuoi figli e le tue figlie stavano mangiando e bevendo vino in casa del loro fratello maggiore, quand'ecco un vento impetuoso si è scatenato da oltre il deserto: ha investito i quattro lati della casa, che è rovinata sui giovani e sono morti. Sono scampato soltanto io per raccontartelo."
Allora Giobbe si alzò e si stracciò il mantello; si rase il capo, cadde a terra, si prostrò e disse:
"Nudo uscii dal grembo di mia madre,
e nudo vi ritornerò.
Il Signore ha dato, il Signore ha tolto,
sia benedetto il nome del Signore!"
In tutto questo Giobbe non peccò e non attribuì a Dio nulla di ingiusto.

La storia del destino di Giobbe ci è nota, così come la sua innocente sofferenza. Egli fu messo duramente alla prova, gli furono tolti i figli e tutti i beni, il corpo gli si riempì di pustole, gli amici lo allontanarono, ma la sua fedeltà a Dio rimase integra.

In seguito, dopo tanta sofferenza e privazione, Dio gli ristabilì la sorte, gli raddoppiò quanto aveva posseduto e tutti banchettarono con Giobbe, consolandolo del male che il Signore gli aveva mandato. Il Signore benedisse il futuro di Giobbe più del suo passato. Così possedette quattordicimila pecore e seimila cammelli, mille paia di buoi e mille asine. Ebbe anche altri figli, sette maschi e tre femmine.

Con i nuovi figli che, come le pecore i cammelli i buoi e gli asini sostituirono i precedenti, morti a seguito dell'aspro contrasto tra Dio e il Diavolo, Giobbe riprese a condurre la sua esistenza e visse per altri centoquaranta anni.

E di quei vecchi figli sacrificati non sappiamo niente. Nessuno se ne interessa, così da sembrare null'altro che semplici mezzi. La loro vita un soffio. Il futuro benedetto più del passato.

Manfredi ha avuto altri figli, nessuno dalla donna dei fiori, tre dalla donna venuta dopo, la nuova moglie con cui porta avanti la vecchiaia in una casa sul lago, casa che io non ho mai visto. Una volta all'anno, di solito al mio compleanno, Manfredi mi telefona, mi chiede se mi servono soldi, e se desiderassi trascorrere qualche giorno sul lago be' nessun problema, gli farebbe piacere; no, lascia perdere, tua moglie non gradirebbe; ma che dici, non proiettare sugli altri i tuoi sentimenti... Più o meno questo è il dialogo che si ripete anno dopo anno, supremazia di frasi sempre uguali che nessun equilibrio alterano. Di Emanuel non parliamo, nemmeno lo nominiamo. I suoi nuovi figli sono quelli ben riusciti, accumulano specializzazioni, viaggiano, sono vivi. L'uomo passa all'uomo la pena... Nostro padre l'ha passata ai primi due.

Lontano

Come si conviene alle vite che vanno avanti, gli anni bene o male sono passati, anche se qualche volta ho sperato di crepare. Lo so che sembro venuta da una favola triste, ma porto in dote il taglio che un'accetta possente ha lasciato dentro di me. Negli anni che sono ugualmente passati, non ho fatto che cercare di ricucirlo, sebbene neppure sapessi di averlo. Devo ammettere che a lungo è stata la sola cosa che mi premeva, la sola che mi muoveva, esisteva quel mio presentimento di ferita e il resto non lo vedevo, per quanto avessi delle valide ragioni per restarmene accartocciata in me.

Bisogna aggiungere che gli anni sulla Collina ci avevano ingannato. Un incessante, a tratti perfino stucchevole passaggio d'angeli ci sfiorava, lasciandoci immersi in una grazia che non avremmo ritrovato là fuori. Ci raccontavano di un mondo difficile, certo, pieno di violenta sopraffazione, ma in quel mondo era ancora possibile incontrare la viva inclinazione verso l'altro, l'ardore di trovare il bene proprio nel bene altrui.

Quel che trovai là fuori, e in un certo senso mi ci adeguai, era l'inizio di un inasprimento personalistico, come posso dire?, un orizzonte che via via si restringeva e si adattava alla cerchia dell'io, una fantasia d'onnipotenza in cui l'altro semplicemente spariva. Era iniziato il tempo del rendez-vous solipsistico, l'estremo accentrarsi su di sé, fino a non riconoscere più l'altro come soggetto che ha desideri e bisogni. La superbia dell'uomo (del) nuovo (millennio) si sarebbe nutrita di movimenti incontrollati per affermare il sé grandioso, e quanto più fallimenti, fragilità e solitudine gli raccontassero una diversa storia di sé, quanto più la realtà non corrispondesse a quella immagine fasulla, tanto più l'uomo nuovo avrebbe raschiato via gli altri, illudendosi di poterne fare a meno; avrebbe consumato lo spazio, credendolo a sua disposizione; avrebbe piegato anche il tempo, costringendosi a somigliare a modelli illusori, immagini di trionfi, il corpo perfetto come l'armatura di Atena.

Mio marito era la perfetta incarnazione di quel tempo.

Mi sposai con rito laico un grigio mercoledì di settembre che sembrava ancora il Novecento. A parte l'ufficiale di stato civile, più i testimoni scelti fra gli amici di lui, nessun altro aveva assistito alla cerimonia, nessuno era stato invitato. Baldassarre si raccomandò che la pratica si svolgesse nel minor tempo possibile e senza eccessi. Io mi limitai a indossare una camicia bianca priva di infiorettature su un paio di pantaloni avorio che si stringevano alla caviglia. Al termine della cerimonia, gettai per aria un pugnetto di riso. Evviva gli sposi! Evviva!

Mangiammo un tramezzino al bar all'angolo, in compagnia dei testimoni. Unica deroga all'austerità, lo spumante che Baldassarre aprì dopo averlo agitato in modo spettacolare. Il vino mi colpì sul viso e in petto. Ecco, ora ti ho battezzata!, disse, e i testimoni risero. Voglio che brindiate alla mia salute, aggiunse. Alzai il calice.

Lo avevo conosciuto all'inizio di quell'anno, un anno che si era presentato con una furia di novità. A gennaio lasciai l'appartamento che avevo diviso con Angela, era il momento di venire a patti con un'altra delle mie ombre, il tallone d'Achille di tutta la mia esistenza: la paura di ritrovarmi sola, sola nella notte che viene e viene sempre. Presi in affitto un monolocale con soppalco e già arredato, al quale in seguito avrei aggiunto una poltrona di velluto rosso. Ero stata assunta in una casa editrice, ero sempre addetta ai libri per l'infanzia. Curioso che proprio io dovessi scovare e correggere l'errore nelle storie dedicate ai minuscoli. Lavoravo inoltre a una riscrittura del *Pifferaio magico* in cui i bambini, dopo aver dato una grande pedata a chi li aveva maltrattati, lasciavano volontariamente le loro case a Hamelin per fondare nuovi villaggi:

"Venite!" grida il Pifferaio.

"Sia chiaro che puoi solo accompagnarci con la musica, poi te ne andrai," gli dicono in coro.

"Ma come farete senza la guida di un adulto?"

"Ce la faremo."

"Andrete incontro a pericoli e insidie."

"Siamo sopravvissuti a cose peggiori."

"Siete troppo piccoli," insiste il Pifferaio.

"Per morire non eravamo piccoli?"

Mi piaceva lavorare con i libri, entrare nelle pieghe delle parole, sostare nelle latebre del pensiero degli autori, ma era un lavoro malpagato. Madame mi veniva in aiuto, inviava soldi con regolarità, io telefonavo per ringraziare, lei mi diceva di tornare su in Collina, almeno per Natale, almeno per il suo compleanno, io dicevo di sì, che sarei tornata, ma poi non ci pensavo più.

La camera da letto del mio monolocale era nella parte superiore e prendeva luce da un rosone in legno e vetro. Stavo stringendo un patto con me stessa. Mentre sottoscrivevo il contratto d'affitto e accettavo il ruolo di conduttore al cui uso esclusivo l'immobile sarebbe stato adibito, m'impegnavo a resistere, ad affrontare le forme della disgregazione, specie le sere in cui più forte avessi avvertito il richiamo dell'abisso che mi attendeva quando non c'era nessuno a distrarmi da me. Sull'agenda ancora intatta, alla data del 23 gennaio, segnai: "Inizio convivenza con me. Funzionerà?"

“Vieni, Clotilde. Voglio presentarti un caro amico.”

Fu un collega a presentarci. Era febbraio e, per una beffa del destino, era il giorno di San Valentino.

Baldassarre mi si parò davanti con il viso dei giorni di festa. Mi salutò con un delicato baciamano portando in avanti il busto e le spalle larghe.

Accennai un sorriso e mi guardai i piedi. Avevo un paio di mocassini rasoterra con le nappe, uguali a quelli che indossavo da bambina.

Con quelle scarpe non troverai marito, pronosticò zia Tilde quell’estate che trascorremmo nel suo ranch. E io le toglievo e le lanciavo per aria: cosa me ne importa degli uomini, io mi fidanzo con gli alberi! E correvo ad arrampicarmi sulla quercia che ombreggiava la rimessa per gli attrezzi agricoli. Che diavolo di ragazzina! Se continui così, vedrai quanti problemi, gridava, che vita fai? A messa ci vai mai? Emanuel continuava a fissare l’orizzonte che era fatto di terra incolta e cotta dal sole.

Il giorno successivo, Baldassarre mi fece recapitare un bouquet di viole. Tre giorni dopo, una composizione di orchidee e rose. Poi fu la volta di una scatola di praline al cioccolato con un biglietto: "Vorrei rivederti. Passo a prenderti in casa editrice a fine giornata."

Sorrisi, ne ero contenta, ma non potei fare a meno di notare che il biglietto non conteneva un invito: Baldassarre aveva deciso per un nuovo incontro supponendo che anche io ne avessi voglia. Fui tentata di fargli sapere che avevo un impegno. Anzi, che ero impegnata in generale. Non si era dato pena d'immaginarmi con una vita sentimentale in corso, aveva presunto che non avessi nessuno ad aspettarmi la sera. Tuttavia, considerando che effettivamente non avevo una vita sentimentale, decisi di trascurare il lieve egocentrismo dell'invito e mi preparai a rivederlo.

Nelle settimane successive fui travolta dal modo in cui mostrò il suo interesse, inutile negarlo. Inviti al cinema e a teatro, rose a cui si premurava di togliere le spine, lunghi messaggi in cui si dichiarava colpito, attratto, rapito e infine innamorato. Riusciva ad anticipare i miei desideri come era abituato a fare nel suo lavoro di broker: batti gli altri sul tempo o perderai il cliente. Abbracciava per me le tenebre, si insinuava in ogni spazio, in ogni interstizio. In quel momento non potevo sperare in niente di più, e una complessa sequenza di stimoli infranse la barriera difensiva che pure avevo eretto. Se sparivo dal suo radar, ecco che giungeva rapido il richiamo: "Prima fai man bassa di me e poi mi dimentichi." In capo a un mese, fiutata la mia vulnerabilità riguardo a un certo argomento, pronunciò le parole fatidiche: "Io non ti abbandonerei mai." Due mesi dopo mi trasferii da lui.

Quando gli parlai del Generale e di Madame si mostrò deluso. "Credevo non avessi nessuno," disse, "dovrò dividerti con loro?" "No no," corsi a rassicurarlo. "Non li vedo da tempo, li ho dimenticati." Prudentemente non feci cenno a Jerus e ad Angela e meno che mai alle memorie di famiglia. In pochi mesi mi ritrovai in un isolamento perfetto, non vedevo nessuno, non sentivo nessuno, ma non importava perché c'era Baldassarre a illuminare i miei anfratti: ogni segreto grano di buio era lì per disperdersi, tutto lo sterpaio della mia vita di prima vicino a essere neutralizzato.

Tuttavia, cominciai a studiare l'ebraico.

Al mattino mi dedicavo alla casa, riordinavo, spolveravo, lavavo più volte i pavimenti. Baldassarre aveva una disposizione maniacale all'ordine e io cercavo di adeguarmi. Qualche volta sbagliavo, usavo cenci inappropriati che lasciavano striature o non vedevo in tempo gli aloni che l'acqua lasciava sui bicchieri. Quando se ne accorgeva, immancabile arrivava il richiamo.

"Vuoi stare attenta, per favore?"

"Ma dico, sei una donna o una bambina?"

"Devo starti dietro, ormai l'ho capito."

"Chissà che faresti se non ci fossi io."

"Ringrazia la buona stella di avermi incontrato."

"Domani ripulisci da cima a fondo."

"Sei la mia bambolina."

"La mia bimba."

La sera, non appena Baldassarre mollava la presa, io accedevo alla mia stanza segreta. Lo studio della lingua ebraica mi stava riportando, attraverso il pulsare laterale dei ricordi, a certi giorni sulla Collina, a Madame che intonava per noi

Oyfn pripetshik, un canto sull'alef-bet che un vecchio rabbino insegnava ai bambini della scuola di un qualche *shtetl* del vecchio Impero, una scuola improvvisata in una stanza scarna ma riscaldata da una stufa. In quel canto sentivamo il pianto d'esilio celato nelle lettere, la speranza riposta nell'apprendimento, perché un popolo non muore se non dimentica la sua lingua. Era un canto del tempo prima della Shoah, ci diceva Madame, ma la storia del suo popolo era già una storia di esodi, di ghetti, di pogrom.

La cantò per noi così tante volte che io ancora la ricordo:

E quando, bimbi, sopporterete l'esilio
e sarete sconfortati,
da queste lettere trarrete forza,
scrutate dentro di loro!

Una mattina, a colazione, dissi a Baldassarre che mi sarebbe piaciuto tornare sulla Collina. Desideravo rivedere i due vecchi che mi avevano cresciuta, e buttai giù in un sorso il caffellatte.

"Ma non li avevi dimenticati?"

"Non li ho più cercati, ma qualche volta ripenso a loro."

"È sempre dannoso tornare indietro. Molti inconvenienti derivano da queste deviazioni, dovresti saperlo."

"Ho delle domande da fare a Madame sullo studio dell'ebraico. Le vocali, per esempio, hanno suoni vocalici e si distinguono mediante segni vocalici, però i segni vocalici possono anche indicare l'assenza di qualsiasi suono vocalico." Gettai lì una raffica di parole che non sono sicura avessero un senso compiuto, ma contavo sull'impossibilità di Baldassare di entrare nel merito. “Ho bisogno che mi dia dei chiarimenti.” E mi rannicchiai sulla sedia, tirandomi le ginocchia al petto.

Volevo andarmene, ora lo sapeva anche lui. Non ci amavamo, ci eravamo incastrati in una danza folle in cui ciascuno dei due mimava i passi secondo il bisogno dell’altro. Sentivo che se non avessi rotto in quel momento il legame morboso con Baldassarre, non ci sarei riuscita in seguito. Stavo traendo forza dall’essermi ritrovata in qualcosa che mi assomigliava: la promessa che avevo fatto a me stessa, anni prima, di imparare quanto più potessi per non soggiacere a nessuno; e poi i suoni dell’ebraico, suoni venuti da lontano che, lentamente dislocandomi, mi aiutavano a sviluppare una chimica e una fisica mia. Ricentrandomi su di me, potevo sottrarmi al suo controllo.

La proposta di matrimonio arrivò quella sera. Baldassarre rientrò in anticipo dal lavoro con un sontuoso mazzo di rose rosse a cui aveva fatto togliere le spine. S’inginocchiò, mi prese le mani e con occhi lacrimosi disse: “La mia anima dimora in te, la tua in me. Sposami, affinché le nostre anime restino per sempre in un’unica dimora.”

Il giorno successivo depositò il compendio di grammatica ebraica in una libreria dell’usato.

Di cosa hai tanta paura?

Adrienne Rich, dai versi di *Salvataggio di mezzanotte*, viene a parlarmi di un viale con le sue abitatrici affrancate dalla casa, senzatetto, donne senza stoviglie da lucidare o letti da rifare o pettini da passare tra i capelli o acqua calda per togliere il grasso o scatolette da aprire o sapone da passare così sotto le ascelle poi sotto i seni poi lungo le cosce.

E io? Mentre annoto i versi su un quaderno vintage acquistato da poco in Internet, mi chiedo da cosa mi ero tanto protetta, dilaniata da un'inquietudine assoluta; da quali vincoli avevo creduto di affrancarmi prima del matrimonio, se ero stata talmente abile a nutrire l'autoinganno da non vedere in quale palude mi ero cacciata.

Ero diventata una dipendente affettiva, anche un po' patetica, oppure lo ero sempre stata.

Degli ultimi mesi con Baldassarre ricordo soltanto la fatica di nascondermi – "Manchi sempre di entusiasmo," diceva con acide didascalie alla mia faccia. E io mi sforzavo di sorridere alle sue battute, anche le più balorde, e annuivo ai racconti delle sue gesta di giovinetto sempre più astuto, più ganzo, più smaliziato degli altri, e intanto pensavo: questo lo ha raccontato cento volte, in cento versioni differenti.

Fingevo, e solo per il bisogno di avere qualcuno al mio fianco, qualcuno che pensasse a me, qualcuno da svegliare la notte, se la notte non passava. E di bisogno, infatti, morivo. Vedevo il grande pericolo in ciò che ero, cioè niente, mi raccontavo bugie, mi esercitavo nel continuo apprendistato della volontà di Baldassare, per soddisfarne i desideri e addirittura prevenirli: tutto, facevo di tutto per non dover affrontare la spaventosa punizione dell'abbandono. Quando mi lasciò – tre mesi dopo il matrimonio, una settimana prima di Natale, così da rendermelo memorabile – cominciai a disfarmi invisibilmente, come Petrarca in quel suo mirabile verso.

"Prendi le tue cose e vattene," aveva detto. "Non siamo compatibili."

"Te ne accorgi ora?" avevo replicato, senza aggiungere altro.

"La tua faccia m'intristisce. Tutto di te m'intristisce."

Infuriati, infuriati: in quel momento provai a sobillare dentro di me la rabbia, quella sana auspicabile rabbia di fronte a qualcosa di ingiusto, liberatoria se esternata a tempo debito, salvifica quando è ben indirizzata, ma fu tutto inutile. Al solito, distolsi lo sguardo e uscii dalla stanza; il giorno dopo ero già nel monolocale che grazie alla prudenza di Angela non avevo disdetto.

Se un dipinto avesse potuto rappresentare la mia vita in quei giorni, certamente sarebbe stata una pittura di Vilhelm Hammershøi: una donna sospesa e in vesti austere che guarda attraverso una porta dischiusa, una donna sospesa e di spalle che fissa l'oltre di una finestra, una donna sospesa e in attesa, sola nel silenzio che pervade la casa.

Non riuscivo a dormire, mangiavo piccole quantità di cibo che subito mi appesantivano lo stomaco. Ho ancora nelle narici l'odore di una crosta di formaggio che non finiva mai, ne piluccavo pezzetti che ricrescevano nella notte, la nascondevo nel fondo del frigo e in un'ora ricompariva aumentata. Dovevo dormire, forse stavo allucinando, ma hanno ragione quelli che dicono che non c'è riposo quando il tempo è sospeso.

Poi Angela si trasferì da me e ancora trattengo l'immagine di lei che dall'alto del soppalco fissa una donna che se ne sta rannicchiata nella poltrona di velluto rosso, una poltrona identica a quella del Generale nella Casa dei timidi. Una donna priva di volto che, senza scalpore, ha permesso al marito di addossarle la più infida, la più amara delle colpe, quella dello stato d'animo. Ma che fosse una trappola l'ho capito in seguito, quando ho conosciuto il professor T.

Prima, invece, prima era tutto un fiorire di sensi di colpa.

"Se fossi stata più comprensiva con Baldassare, se fossi stata più accogliente. Ma ero un lamento continuo. Reclamavo attenzioni e in cambio cosa gli davo?"

"Ti accorgi che ti prendi colpe oltre ogni ragionevolezza?" Angela veniva in mio soccorso, ma io non riuscivo a dare ascolto a nessuna delle ragionevoli parole che diceva.

"Era stanco di me. Negli ultimi tempi diceva di essere stanco dei miei modi di fare e io avrei dovuto soffermarmi, indagare le ragioni del suo sfinimento, anziché annoiarlo con uno sguardo al limite del catatonico."

"Ti punisci in maniera intollerabile," continuava Angela. "Sei crudele con te stessa, con l'unica persona che non ti ha mai abbandonata."

E io chiudevo gli occhi piegando la testa in avanti, e lei correva a strattonarmi.

"L'ho ferito, irritato e allontanato. Sono guasta, Angela."

Allora Angela si accovacciava accanto a me e parlava parlava, per ore parlava:

"È spaventosa questa tua totale mancanza di amor proprio. Ma ti dirò una cosa che ti lascerà di stucco: continui a prenderti colpe nel disperato tentativo di avere un controllo sulle circostanze incontrollabili, come avresti voluto fare a dieci anni. Ma ci sono eventi rispetto ai quali non possiamo fare niente. Non potevi impedire quello che è accaduto a tuo fratello e non hai colpa se gli sei sopravvissuta."

Verso il Monte
La spedizione dei bambini

Quando tutti i bambini del mondo si saranno passati la voce, nessuno potrà impedirne l'adunata. Il Generale ne era convinto e per rincuorarsi agitava in aria *L'arte della guerra* di Sun Tzu:

> Saranno abili nel sortire bizzarri stratagemmi e perciò saranno inesauribili come il Cielo, la Terra e i grandi fiumi.

Devo ammettere che, anno dopo anno e malgrado la mia età, non ho mai smesso di immaginarmi in una spedizione di bambini che incedono e parlano all'unisono. A centinaia si stringono, formano un muro impenetrabile. Alcuni sono piccolissimi e non sembrano disorientati né impauriti.

"Mettiamoci in cammino. I più grandi aiuteranno i piccoli. Abbiamo cibo e acqua a sufficienza."

"Andiamo!" gridano tutti insieme.

In pochi minuti si dispongono in file di cinque o sei, nessuno impartisce ordini, si autodisciplinano seguendo una sorta di regola interiore che crea armonia. I più piccoli occupano i posti centrali nelle file, le scarpe allacciate dai più grandi, sulla testa il cappello parasole.

È mattina, il disco intenso del sole è alto in mezzo al cielo. Si sono radunati all'alba, si sono seduti a consumare un pasto, poi sono rimasti in silenzio come raccolti in preghiera. Dicono qualcosa per ricordare quelli di loro che non ci sono più, quelli di loro che soffrono, in ogni dove, la fame, il freddo, la guerra, l'abuso, l'incuria. Qualcuno singhiozza. Infine, applaudono e si prendono per mano.

"Sarà un giorno lungo e caro, questo. Finalmente saliremo sul Monte e gli parleremo. Faremo la nostra domanda educatamente, poi ce ne andremo. Siete tutti d'accordo?"

"Tutti d'accordo!" gridano in coro.

Vinegia

L'incontro con le ombre del professor T. lasciò realmente un segno in una parte di me, quella acquartierata alla foce di acque primordiali che, come nei miti polinesiani, erano acque immerse nelle tenebre. L'oscurità, diceva il professor T., è ciò da cui la luce prende origine. Nessun giorno spunterebbe mai, se la notte non preparasse la via. Se dico *nuit* – diceva – richiamo davvero l'oscurità? Porgete orecchio al suono: se io ora dico *nuit*, un guizzo fonetico viene a far luce più che se dico *jour*.

A Venezia dormivo nel ghetto più antico d'Europa, il *gheto novo* che però, a dispetto del nome, era stato allestito prima del ghetto vecchio, cui seguì il nuovissimo: c'è sempre dell'insidia nelle parole che chiudono.

Ho abitato nella casa che Madame acquistò in memoria dei suoi parenti vissuti in quel recinto, senza poter essere proprietari della casa. Non appena le raccontai del matrimonio naufragato – non subito, a dire il vero, erano già trascorsi mesi dal giorno in cui Baldassare mi lasciò – disse che occorreva una cesura, e nessun luogo al mondo più di Venezia poteva offrirmi la possibilità di separare il prima dal dopo.

"Domani ti spedisco le chiavi della casa, assieme alla *mezuzah,*" disse ancora. "Va', parti, non fissarti. Cammina nella mia città, visita le sinagoghe, le mostre d'arte. Iscriviti a un corso universitario, completa la tua formazione..."

"Madame, ho già una laurea, non ricordi? Hai pagato tu la retta e le altre spese."

"Come puoi pensare che non ricordi?" disse con voce rigorosa, come quando ci beccava con le dita nella marmellata e si sforzava di rimproverarci, rendendo ai nostri occhi proibite, e dunque desiderate, le sue conserve salutari. "Almeno sono serviti a qualcosa i lingotti d'oro che porto cuciti nei vestiti. Pensa che i miei antenati se li nascondevano nello stomaco e per poco non finirono sventrati!"

Ridemmo assieme in quel momento: Madame era capace di abbondante ironia, ma io intuivo che era ancora intenso il dolore che le memorie famigliari le risvegliavano.

Ci salutammo così, ricordando l'una all'altra che se non potevamo essere grate per quello che avevamo ricevuto, potevamo esserlo per quello che ci era stato risparmiato.

Una sera, mentre mi riaccompagnava al Ghetto dopo la nostra passeggiata in San Marco, il professor T. citò un saggio di Carlo Cattaneo che – mi suggeriva – avrei dovuto leggere se volevo indagare più a fondo certe dinamiche che riguardavano la questione ebraica, e forse anche la condizione umana in generale.

"Veda, Cloe." Mi piaceva quando apriva un discorso in questo modo: immediatamente capivo che stava per dirmi qualcosa che avrebbe giovato al mio pensiero e anche al mio umore. "Carlo Cattaneo, nel lontano 1836, scriveva che i nostri avi condannarono l'Ebreo a vivere di usura e di baratti; poi lo maledicevano come usurajo e barattiere; e poi combattevano con minuziosi regolamenti ciò che avevano creato con le interdizioni. Ora guardi alla nostra condizione attuale. La società della felicità a ogni costo condanna quelli che non sono felici, e a questi non resta che camminare di lato; poi li maledice per il modo di camminare raso ai muri e per l'aria che inquinano con la loro tristezza; infine li combatte finché non si chiudono in casa, in un recinto che li tenga separati."

Restammo in silenzio per qualche minuto. Avevamo superato il ponte che portava al Ghetto e in quel momento pensai con gratitudine ai tronchi di legno che dai fondali riuscivano a sorreggere i palazzi e le facciate di marmo della città.

"Il problema dell'umore mi tormenta da quando sono al mondo," dissi infilando il mio braccio sotto il suo. "Al villaggio non riuscivo a farmi amare e lo attribuivo al poco interesse che suscitavo. Non ero una bambina allegra, ma le assicuro che avevo le mie risorse di allegria non convenzionale, di cui non parlavo, erano una faccenda mia abitata da lemuri, spettri e spiriti arcani."

"E suo fratello, se posso chiederlo, che indole aveva?"

La domanda arrivò così, come un imprevisto. Sì che gli avevo raccontato qualcosa sulla mia famiglia, qualcosa in più sugli anni in Collina, ma avrei preferito non parlare di mio fratello. Decisi comunque di rispondergli:

"Emanuel non era di compagnia, se ne stava separato. E non ricordo di averlo mai visto ridere. Ma al contrario di me aveva argomenti, era intelligente, e poi sapeva catturare i ragni... Non ha senso che io gli sia sopravvissuta, inutile come sono. Non ha alcun senso."

Che stavo dicendo... Subito mi pentii dell'esito da danneggiata a cui mi ero lasciata andare. Senza volerlo, avevo gettato sul professor T. la responsabilità di dire qualcosa che mi sollevasse dall'immagine penosa che avevo di me. Lo facciamo ed è ingiusto: investiamo gli altri delle nostre ansie e traiamo conclusioni dalla loro reazione, non tanto su di noi, ma su chi abbiamo di fronte. Ora potevo solo scusarmi o cambiare discorso, ma il professor T. mi precedette passando il suo braccio sotto il mio, come io avevo fatto prima.

"La capisco, Cloe. Lei sta parlando con il più storto degli uomini, il più inutile. Un uomo che si nutre di evanescenza, incapace finanche di soddisfare una donna. Come potrei non capire... Eppure, mi creda, non c'è giorno in cui io non sia grato alla vita, per quel gatto sconosciuto che qualche volta viene a strusciarsi alle mie gambe; per la lattuga fresca che trovo all'Erbaria e per la vecchina che all'alba s'instrada con la sporta per la spesa e torna a casa contenta delle sue mele rosse come un cuore in amore. E ora sono grato alla vita per aver incontrato lei, mia giovane amica, un insperato incontro di occhi che vedono."

Ormai c'eravamo solo noi a camminare nel Ghetto, parola nata dove si *gettava* il metallo di fonderia. Gli edifici sono alti, cresciuti in innumerevoli piani per accogliere i rinchiusi, che erano sempre di più: per le limitazioni della zona del Ghetto, "le famiglie – le quali, a dispetto di tanta miseria, crescevano feconde –

erano costrette a costruire le loro case verso l'alto, una sul tetto dell'altra," scriveva Rilke.

Ci fermiamo e restiamo così fianco a fianco nella notte, disperati privi di disperazione. Restiamo sconosciuti l'uno all'altra, poveramente assorti nel buio che ci accoglie.

Sospetto che, casa per casa, diventiamo le mura in cui siamo stati: mattone dopo mattone, crepa dopo crepa, quel che di noi ritroviamo è un edificio inagevole, con il pavimento dissestato e stanze in cui non entriamo più. Sostiamo nei corridoi, aspettiamo un segno propizio, quasi mai lo troviamo. Così cerchiamo dimora più lontano possibile dal nostro starmale, spinti da una specie di diaspora interiore. Casa per casa. Per caso. Eppure, più spesso di quanto crediamo, è in quelle stanze in cui non entriamo più che, nascosto alla vista, è rimasto quel noto bandolo che sbroglierebbe la matassa. Se solo avessimo il coraggio di fare la posta alle ombre, di coglierne il suono leggerissimo rivolto soltanto a noi. Se riuscissimo a entrare nella casa chiudendoci la porta alle spalle e poi, armati di grimaldello, aprire le stanze, una ad una…

Quando aprii la casa di Madame – tra quelle mura tornava quando si assentava dalla Collina? – mi parve di trovarmi al centro di una scena in cui le ombre danzavano a dispetto del sonno in cui era immersa la casa. Il giorno del mio arrivo, così come mi era stato raccomandato, affissi la *mezuzah* allo stipite esterno della porta, nel modo *kosher* in cui andava fatto: pergamena racchiusa nel contenitore e collocata a destra di chi entra, a sinistra di chi esce, a un terzo dello stipite della porta guardando verso il basso, leggermente inclinata verso l'interno della casa...

Non seguivo i precetti che seguiva Madame, e in verità non ho mai seguito precetti religiosi – la mia fede è una combinazione di elementi a partire dai quali Dio diviene relazione – ma non mi costava nulla assecondare Madame dando alla casa, e di conseguenza a me, la protezione di passi immortali trascritti su una piccola pergamena.

Nei giorni successivi – io immobile sul limitare della soglia – poco alla volta vidi le cose prendere vita, muoversi dalle nicchie in cui erano state riposte, venirmi incontro. Nella cucina di pietra era ancora visibile la separazione degli utensili usati per la carne da quelli per il latte. In un angolo del salotto c'era la scatola per la carità, poi i rotoli della Torah protetti da una custodia di velluto, una *kippah* sopra una mensola, un candeliere...

Vecchie cose impolverate, buone da guardare, avrebbe detto Jerus.

No, a me pareva che fossero loro a guardarmi, come avevano fatto infinite volte con i volti dei tanti che tra quelle mura avevano sofferto e amato. Io venivo da un mondo divelto e quei simboli che rimandavano a gesti lenti, ripetuti nei millenni per farsi forza, per non disgregarsi ovunque si fosse, in questa piccola patria o nelle altre, mi mettevano in contatto con una parte di me che sapeva ancora sentire il dolore degli altri, che poteva ancora collocare la propria linfa vitale in uno spazio diverso da quello della propria gabbia interiore.

Non saprei spiegare per quale sotterranea ragione, ma proprio in quella casa ho pensato spesso a Beatrice. E così per strada, nel ventre amniotico di Venezia, qualche volta mi sembrava di sentire una voce che ripeteva il mio nome: Clotilde, diceva, Clotilde, Clotilde... Mi volto, torno indietro, frugo nella noncuranza degli altri ma non vedo nessuno che possa averlo pronunciato. È sempre una voce di donna, voce legnosa e insieme estenuata, il mio nome ripetuto tre volte è come l'ultima emissione di corde vocali che vanno spegnendosi. Ammetto di aver pensato a lei. Dove sei? Derealizzavo i volti che vedevo, erano tutti il suo, le mèches biondo slavato, il pallore, la bocca sottile.

Poco prima dell'incendio, Madame accennò a lei. Era un tranquillo pomeriggio d'estate, la Collina regalava riverberi di vento fresco e noi passeggiavamo senza meta, qua e là prendendo more che dolcissime s'insinuavano tra i rovi. La natura sa prima di noi ciò di cui abbiamo bisogno e lo offre al segreto di ciascuno.

"Spesso ci sentiamo," lo disse così, senza preavviso.

"Di chi parli?"

"Di tua madre. Non ha mai smesso di chiederci tue notizie."

Guardai negli occhi Madame, feci come il cane che sfida il suo simile con un'occhiata asciutta, ben piantata.

"Beatrice è stata risucchiata da un treno molti anni fa, credo sia morta," dissi.

"Tua madre vive nella vostra casa al villaggio."

"Doveva marcire in prigione dopo il processo."

"Non c'è stato alcun processo, Cloe."

"Stai scherzando, spero. Io, unica testimone del fatto, l'ho inchiodata per sempre."

"L'indagine si concluse subito. È stata scagionata."

"Madame," e di nuovo la guardai negli occhi, "mi angustiano questi tuoi tentativi di mettere toppe. Come se non bastasse quel che è successo a mio fratello, mi ha lasciato di notte in una stazione... Sarei morta se il Generale non m'avesse preso."

"Le cose non sono andate come racconti."

"Voleva che morissi di freddo e paura, perciò mi ha abbandonato. O forse non voleva che testimoniassi contro di lei al processo. Fui io a chiamare i poliziotti, lo sai? Io ad aprire la porta per farli entrare. Lei era piegata in due sotto il davanzale, non si muoveva, invece di correre giù dal figlio; non diceva una parola, invece di gridare e disperarsi; le mani sulle guance, asciutte: guance senza lacrime. È stata lei, dissi, prendetela."

"Cloe, tu hai una tua verità che non coincide con la realtà."

"Ah no?"

"Dovresti ascoltare ogni tanto, ma non lo fai mai."

"Dovrei ascoltare cosa, le ragioni di una donna che ci ha messi al mondo per ucciderci?"

"Vieni qui, ti racconto una storia." Poi sedette a terra, l'ampia gonna di lino era ora una ruota intorno al suo corpo robusto. Le sedetti accanto e incrociai le gambe come avrebbe fatto Mary Sioux…

Mary Sioux, che sollievo. Fu confortante pensare a lei in quel momento.

Madame continuò:

"Mia madre morì a venticinque anni in un campo di lavoro, dovrei dire di sterminio, ero con lei, avevo tre anni. Morì di emorragia partorendo due gemelli che non sopravvissero. Non erano figli di mio padre, che se ne stava rinchiuso da due anni in un altro campo: erano figli del suo disperato tentativo di sentirsi viva in mezzo a tanta morte. L'ho odiata per questo, appena ho avuto l'età per capire. Aveva cercato il suo bene lontano da me – e a me non pensava, non le bastavo? – e così, morendo per un abbraccio clandestino tra le baracche, mi abbandonava all'inferno."

"Mi dispiace, non sapevo." E ritirai lo sguardo.

"Il fatto è che siamo viandanti nell'oscurità, ogni vita è qualcosa che non si potrà mai afferrare del tutto. Ho giudicato mia madre impietosamente, ma con quale diritto? All'età in cui lei è morta con un numero tatuato sul braccio, io perfezionavo i miei fraseggi al pianoforte nella grande baita-scuola di Arturo Benedetti Michelangeli. Capisci cosa voglio dire?"

Lontano

Dicono che il corpo sia più vicino all'inconscio di quanto lo sia la coscienza. Il corpo che ricongiunge alla verità più immediata, ma anche più difficile da sondare perché è un confine impenetrabile se non in quei pochi canali che l'istinto solca. Il corpo che è l'estrema Thule, il nostro riparo dalla realtà così imprevedibile. Ma che dire di un corpo rimasto bloccato nel dolore?

Una notte – la terra ghiacciata crepitava sotto i passi – entrai in un capanno abbandonato, a fare niente, solo ad aspettare che venisse la stanchezza. Era un capanno di quelli usati come rimessa per gli attrezzi da lavoro nei campi, lamiere tra quattro pali di legno, di lamiera anche il tetto.

Ero tornata a vivere nel monolocale dove erano rimaste le spoglie del mio matrimonio fallito.

"Cosa poi si perde quando si perde qualcuno, se c'è mai stato?" Angela continuava a parlare al mio cuore, come vedendo in me una donna spezzata che non si sarebbe più ripresa. "Perdiamo, forse, ciò che eravamo con quel qualcuno. Il talento che avevamo tirato fuori come il coniglio dal cilindro. Si perdono, anche, le parole con cui raccontavamo quello stato nuovo, parole che sembrano nuove, mai dette prima."

In effetti, cos'altro può aiutarci se non la possibilità di stupirci di nuovo di un cielo stellato, di un verso che d'improvviso ci risuona dentro, di un fiore che oltraggia di giallo o di viola il grigio intorno? Così diciamo che con quel qualcuno perduto se ne è andata la parte migliore di noi. Ma si perde davvero la parte migliore di sé? Forse la si sposta soltanto, in una terra lontana a cui ogni tanto si torna.

Quella notte, che seguiva a notti e notti di dormire inquieto, mi feci spazio tra la ferraglia e gli sterpi nel capanno e cominciai una danza.

In principio era un corpo rigido, indurito, ruvido. La danzatrice si scioglie i capelli, lentamente accede alla bambina esiliata, depositaria dell'umiliazione. Il corpo si piega, si flette sino a terra. La bambina è accovacciata, ha il pollice in bocca, si vergogna ma desidera parlare. La danzatrice si rialza e fa un passo indietro. Il corpo ora è agile, quasi sciolto nei movimenti. La danzatrice finalmente ascolta ciò che la bambina vuole che lei sappia, poi la prende per mano. La bambina inaccettabile non è più sola nella sua tristezza. O bimba, ti osservo e colgo in te quello che tu non sai, per capire quello che è, l'essenza o la sua impronta. E poi ancora osservo la tenerezza del tuo corpo indifeso, ora lascio per un po' i miei occhi su di te.

Mi chiamo Esoluna e c'è un posto dentro di me che mi è stato a lungo estraneo, un posto violato soprattutto violato ma che serba un segreto: in quello io devo tornare, tenendo per mano la bambina che non sono stata.

> Il 3 ottobre 2018 Science Advances ha pubblicato i risultati delle osservazioni di due astronomi della Columbia University – David Kipping e Alex Teachey – sulle evidenze della prima esoluna, ovvero la prima luna individuata al di fuori del sistema solare. “La questione non è se esistono esolune,” afferma Kipping, “ma dove si trovano.” C’è ragione di credere che alcune esolune potrebbero addirittura ospitare forme di vita.

… e poi Gaia dall'ampio petto, sede sicura per sempre di tutti…

Quando il Generale mi richiamò sulla Collina – dopo più di vent'anni dall'incendio che ci aveva dispersi – stavo per dirgli che non era il momento, non era mai il momento. Nei due anni che mi separavano da Venezia che cosa avevo concluso? L'impazienza che ormai nutrivo verso di me era a misura della mia cialtroneria. E di tutto il tempo perso lungo una via che non andava fuori dalle cose né dentro di me, mi rimaneva quel cordiale peso qui in mezzo al petto: doleva in modo cronico, senza ricadute, ma non si allentava. Tornata da Venezia, aspettai che scadesse il contratto d'affitto del monolocale e non lo rinnovai. Cambiai tre appartamenti, non riuscivo a trovarne uno che non mi respingesse. Feci un solo breve viaggio con Angela fino a Napoli, iniziai e abbandonai un corso di yoga, mi accostai agli Arcani maggiori ma la mia carta era sempre il Matto; ferma la riscrittura del *Pifferaio magico*, ferma la vita privata, con in più la rinuncia ai legami: non me li potevo permettere. In compenso, lavoravo parecchio.

Riuscivo a pensare solo alla correzione di bozze di narrativa per l'infanzia, e poi stavo inclinando verso le interpretazioni magiche, mi affascinava l'oscuro volo degli uccelli: avrei voluto conoscerne il significato per dare un senso agli eventi e forse scrivere un saggio su come l'antica pratica greca di leggervi auspici oggi subirebbe interferenze: inquinamento, campi elettromagnetici, scie chimiche... Continuavo a dirmi che stavo attraversando uno di quei periodi che con un po' di eleganza potremmo chiamare *passages*, ma allo specchio mostravo dieci anni in più dell'anno prima.

Il Generale fu eccezionalmente insistente e capii che dovevo partire. E poi c'era una promessa che avevo lasciato a Venezia.

Eravamo in Santa Lucia e avevano appena annunciato l'arrivo del treno da cui lo avrei salutato. Con un inaspettato slancio il professor T. mi prese le mani:

"Mia giovane e cara amica, deve farmi una promessa." I suoi occhi erano lucenti e franchi, ebbi voglia di annuire prima ancora che parlasse. "Ma soprattutto spero che non la risucchi di nuovo l'inchiesta tragica su di lei con cui mi si è presentata più di un anno fa."

Aveva detto proprio così: inchiesta tragica. Sorrisi all'intelligenza dell'uomo che avevo avuto la fortuna di incontrare, un uomo in bilico eppure saldo in maniera sorprendente.

"Un matrimonio finito non è la fine della vita," continuò. "Una passione esaurita non esaurisce la capacità di appassionarsi ancora. Veda Cloe, io ho smesso di dipingere, ma non per questo ho rinunciato a godere della bellezza dell'arte. Ed ecco la promessa che le chiedo di farmi: prenda in considerazione di tornare sulla Collina, la prego, ritorni là dove senza saperlo lei è stata felice."

"È ora che salga," dissi ritirando le mie mani dalle sue e indicando il treno.

“Non vuole promettermelo? Ha il cuore di negare una promessa al suo vecchio professore?”

Il treno stava per partire e io salii in fretta. Dal finestrino lo vidi ancora lì, immobile come lo avevo lasciato. Le porte erano ancora aperte, torno indietro, mi sporgo:

“Se lei mi promette di venirmi a trovare…”

“Glielo prometto,” disse portandosi la mano sul cuore.

Ci salutammo sventolando un fazzoletto. Ero finita in un altro tempo, in un’altra vita.

Ripresi la strada verso la Collina che era appena cominciato aprile. Troverai la neve, aveva annunciato il Generale. Dice la verità la neve di aprile quando si posa come se ci fosse quiete, come se non esistesse urgenza al mondo?

Quando finalmente raggiunsi la casa, lasciai che le caviglie affondassero nella neve, come se il freddo potesse cauterizzarmi, o fraterna e oscura sensazione di ghiacciarsi. Era già notte, ma la porta d'ingresso non era chiusa, mi aspettavano. Entrai senza bussare, sicura di trovare il Generale seduto ai piedi della grande scala. Nel buio che invece mi accolse notai subito la striscia di luce che filtrava dalla porta del salotto. Mi ci dirigo a passi lenti inalando l'aria della casa, miscuglio di particelle sottili e torpore di muffa; mi lascio accogliere dall'antro che custodisce nelle sue pareti il ricordo della mia timidezza, ma anche del mio coraggio, e mi porto la mano al petto perché ho il batticuore. Questa volta busso alla porta, busso più volte. "Avanti!" dice il Generale.

Speravo di ritrovarlo come lo ricordavo, le larghe spalle in fuori, i capelli folti sulle tempie; le mani, avrei voluto rivedergliele aperte, senza tremori, nell'incommensurabile estensione delle sue braccia. Quel che vidi era un vecchio rattrappito con le natiche schiacciate su una scranna, fumava e sfotteva i topi con l'attizzatoio, nel camino spento.

"I topi provano angoscia se percepiscono la sofferenza in uno di loro," dice senza voltarsi.

"Generale, sono qui."

"Sono più umani degli uomini."

"Generale..."

Si voltò. Le guance scavate lasciavano intuire perfettamente la mandibola, la pelle era fitta di righe sulla fronte e agli angoli degli occhi.

"Cloe, che bello rivederti. Domani arriverà anche Jerus."

Jerus. A risentirne il nome provai un sottofondo disordinato di emozioni, tutte insieme e contrastanti, tutte in una volta. Arrossii fino alla punta delle orecchie come una ragazzina a cui avessero appena letto il diario.

Salutai il Generale e tornai alla grande scala facendo luce con il telefonino. Tre scalini e mi accorsi di un'ombra che esitava appoggiata al corrimano.

"Finalmente sei tornata."

Le guardai il viso, lei non era cambiata.

"La tua stanza è pronta," dice. "Prendi un bicchiere di latte prima di dormire."

Il mattino seguente spalancai la finestra. Neve ammassata, inciampi di giunchiglie selvatiche. Un pettirosso sul davanzale si avvicina alla mia mano che offrirebbe carezze; lui che ora abita il vento quando avrà lasciato la sua casa?

Feci entrare aria inspirandone grandi porzioni e mi allineai al silenzio. La Collina, così fragile e così delicata, possedeva ancora i suoi suoni, la foglia che scivola a terra sotto il peso della neve, il ticchettio della trave. Qui non c'è mai stata un'ora di punta, il casino dei clacson, non c'è l'impazienza di chi ha sempre un ritorno da qualche parte. Qui ci sono edifici dissolti nella quiete e qualche nuovo fienile e macchine arrugginite dall'umido. Solo i venti, di tanto in tanto, sono cento lupi che ululano insieme.

Dicono che ci sia un posto nel mondo per ciascuno di noi e a quello tendiamo senza sosta, anche se non si sa dove sia, anche se non abbiamo le coordinate per raggiungerlo e non ci sono mappe a indicarcelo. Dicono che una volta raggiunto è come l'abbraccio che accoglie, come la parola che lenisce, quando finalmente viene detta. Poteva quel ritorno darmi la pace, o era solo un altro incaglio del destino, un altro evento incidentale dal possibile non senso?

Dopo la colazione, valutai lo stato complessivo della casa: sui muri c'erano ancora i segni lasciati dall'incendio, e così la scala che aveva screpolature di legno combusto; qua e là, poi, ragnatele che pendevano gagliarde come i lampadari alla corte viennese. Il Generale si era ritirato al piano di sotto, mentre Madame continuava a occupare la camera al primo piano. Il resto, chiuso.

Tornai in cucina per fare una lista delle cose da comprare in città. Un tempo la dispensa aveva un odore dolce e traboccava di conserve di frutta, pane fatto in casa, biscotti di forma bizzarra. Madame mi raggiunse.

"Temo che il Generale sia messo male," sussurra appena mi è vicina. "Non riesce più a fare le scale e mangia pochissimo."

"Il Generale non morirà," le dico con un filo di voce.

"Piccola Cloe, tocca a tutti prima o poi."

"E tu che farai se accadrà, tornerai a Venezia?"

"Resterò qui a parlargli anche quando non ci sarà più. D'altronde siamo l'uno per l'altra la più irrinunciabile abitudine."

"Per me siete un mistero. Mi spieghi come avete fatto a non separarvi neppure dopo l'incendio?"

Madame sorride. Prende dal tavolo le tazze del latte, le lava accuratamente, le ripone nell'armadio con la scritta "Cose galattiche", poi risponde:

"Dopo l'incendio corremmo il rischio di allontanarci: la fine violenta del nostro progetto ci lasciava privi anche di ragioni per continuare a restare insieme. Ma poi, giorno dopo giorno, abbiamo scoperto che è confortevole poter parlare anche di cose che non chiamano in causa Dio, cose inerti per gli equilibri del mondo come una zuppa di fagioli o un vetro da molare. Ci si ama anche così, suppongo. Restando insieme in una raccolta di cocci che separati non servono a niente, ma tenuti insieme sono ancora qualcosa, sono almeno l'idea del tutto che non c'è più."

A quel tempo, entrambi gestivano la casa come se fosse la ragione della vita. C'era tra loro un buon equilibrio, malgrado avessero un diverso credo, e non mi riferisco solo alla fede, ma anche al modo di intendere cosa era giusto e cosa sbagliato. Sapevamo che erano sposati e non avevano figli.

"Non ne abbiamo di nostri," diceva il Generale, "ma abbiamo a cuore i figli di nessuno che nel mondo aspettano solo una carezza. Tutti loro sono figli nostri. Alla famiglia come destino abbiamo preferito la famiglia come scelta, una scelta molto allargata."

Madame suonava per noi, tutte le sere. Al pianoforte era come se entrasse in una dimensione di segni incomprensibili che decodificava per noi, ma tenendone per sé il segreto. Spesso, prima di dormire, ci cantava il ritornello di una ninnananna yiddish: jam tari taritaritaritaritaritaritaritaritaritam... e la sua voce era per noi il più potente sonnifero. Aveva dei riti suoi, piccole consuetudini che assumevano per noi uno speciale significato. Tra le altre cose, a ogni inizio d'estate indossava un'ampia gonna di lino, diceva che la metteva in amicizia con la natura, e noi capivamo che da quel momento potevamo arrampicarci sugli alberi, stenderci sull'erba, affondare i piedi nella terra.

"Se non avesse sposato me e questa casa," diceva il Generale, "sarebbe diventata una concertista di fama."

Senza Madame non vi sarebbe stata la casa sulla Collina, senza la sua abilità e il suo patrimonio, accresciuto da lucidi investimenti, centrati perfettamente. Era lei, più che il Generale, al centro di una invisibile rete di contatti nella messe di bambini da allunare al più presto. Allunare, dicevano proprio così. Allunare, più che accogliere o sfamare.

Devo a Madame se ho potuto studiare anche dopo l'incendio. Ha continuato a inviarmi denaro, lo ha fatto con gli altri e con Jerus, che si è diplomato in pianoforte – lei e lui trascorrevano interminabili pomeriggi di scale e arpeggi. Il Generale, al contrario, non ha mai avuto denaro o altro. Diceva di voler essere il grande uomo che sta dietro la sua grande donna. E aggiungeva: nudo sono venuto al mondo, e nudo me ne andrò.

Giù in città qualcosa era cambiato. Ritrovai il ronzio di case disposte a semicerchio sotto la Collina, che ne era presa in trappola, ma qualche bottega aveva il bandone abbassato e la scritta "Vendesi", qualche altra si era mutata in uno spaccio di cibo take away. Segno dei tempi, dicono.

Tra le cose che non erano cambiate c'era l'emporio degli Opas, una coppia di greci trasferitisi sotto la Collina alla fine degli anni Settanta. Erano ancora lì, più vecchi e più rotondi, entrambi diretti verso il basso. Quando mi presentai, la vecchia sussultò:

"Santi numi! Pensavamo fossi morta."

"Non in senso stretto." E sfodero un gran sorriso.

"Di te non abbiamo saputo più niente," continua la vecchia.

"Non sono più tornata. Gli altri invece sono tornati?"

"Se ti riferisci a Jerus," è maliziosissima, "sì, torna almeno una volta all'anno, di solito a Natale."

"Oh, ma lo so!" dico. "Lo so, lo so."

In realtà non ne so niente e mi chiedo perché Jerus non abbia mai fatto cenno ai suoi ritorni.

"Di cosa hai bisogno, cara?" La vecchia mi riprende e io non ricordo più cosa sono venuta a comprare.

"Farina e zucchero," dico tanto per prendere qualcosa.

"Ma quindi avete riaperto?" La guardo, è come circonfusa di un'aureola di ansia pettegola.

"Ci sono io, oggi arriverà anche Jerus."

La vecchia annuisce e entra nello stanzino delle scorte, da cui esce con la merce avvolta in una carta che ha disegnini di oche in pose effusive. Pago, saluto e esco.

Più di vent'anni da quando avevamo lasciato la Collina. Tante telefonate, ma io non ero più tornata. Poi d'improvviso il Generale aveva schioccato le dita e noi sull'attenti! Di nuovo eravamo le sue guarnigioni e lui di nuovo il generale di nessuna guerra, se non della sua personale, persa su ogni fronte.

Jerus si presentò poco dopo il tramonto. Indossava stivaletti da texano e si era fatto crescere i capelli, tale e quale una erinni! Mi sollevò da terra e mi diede un bacio sulla fronte.

"Come sta?" chiede subito di lui.

"È messo male."

"E tu, tu ti sei vista?" dice con una smorfia.

"Che ho?"

"Sei magra da far schifo."

"E tu," gli dico, "tu ti sei visto?"

Passammo la sera a riparare le cose, a mettere qua e là trappole per topi. In cucina c'erano ancora le tazze con i nostri nomi e la scritta sul frigo "Casa dei timidi e degli sfacciati". In salotto ripulimmo il camino e accendemmo il fuoco, anche se la casa era riscaldata a sufficienza dai vecchi termosifoni in ghisa. Madame sedette al pianoforte e provò una musica. Nelle sere di quegli inverni lontani quei tasti erano stati notturni di Chopin, arabesque di Debussy, improvvisi di Schubert. Il Generale ci guardava, affondato nella sua vecchia poltrona rossa, i tremori lo obbligavano a tenere le mani nelle tasche.

“Preparo qualcosa da mangiare,” dice Madame, togliendosi dal piano. “Jerus, continua tu.”

Mangiammo zuppa con brodo di pollo e polpette di azzima, bevemmo vino. Fu confortevole quel mangiare, un panno caldo su un corpo tutto dolorante. E fu confortevole ritrovarsi come esuli che evitano di dare un nome alle cose, quasi che fossero incerti di ciò che è stato, ma si passano il piatto l’un l’altro e per intanto si abbandonano alla sera, che tanto basta.

In meno di una settimana la neve si era sciolta. Ora la primavera si presentava sulla Collina con un vento teso, la casa sembrava lì per spiccare il volo.

Da quando ero tornata, erano tornati anche loro. Mio fratello veniva a trovarmi nelle notti in cui il vento era spaventoso. Nostra madre continuava ad aggirarsi immemore. Nostro padre si teneva lontano.

Una di quelle notti l'ho fatto. Era passata la mezzanotte e continuavo a rigirarmi nel letto, in preda agli scatti delle gambe. Mi sono alzata, in cucina ho bevuto acqua nel cavo delle mani, sono tornata a letto, di nuovo gli scatti. Jerus dormiva?

"Cloe," dice con voce assonnata appena si accorge che sono nella sua stanza, "stai bene?"

Avrei voluto rispondere qualcosa del tipo: perché mi chiedi se sto bene e poi ti accontenti di un sì, senza mai andare oltre? Se ti facessi toccare le mie guance, le sentiresti gelate e ritireresti la mano, eppure vedi: sono viva.

Invece dico:

"Sì, sto bene. Posso stare un po' qui?"

"Sicuro. Vieni sotto le coperte."

È in quel momento che la mia confusione giunge al culmine. Malgrado mi sforzi, non riesco a fare un passo, non vedo niente, mai niente verso cui sia sicuro andare. Perché dovrei fare ora questo passo, ora che mi trovo esattamente nel punto in cui m'importa di trovarmi? Vorrei piangere, ma nemmeno questo mi riesce. Torno nella mia stanza.

Al mattino Jerus è irritato. Mi scuso per essergli piombata in camera nel cuore della notte, ma non accenna a guardarmi.

"Non sei cambiata," dice dopo un po'.

Resto in silenzio, poi pesco la prima cosa che mi viene in mente, sperando che come sempre sortisca il suo effetto sull'interlocutore:

"Se avessi avuto una famiglia come la mia..."

"Cloe, continui a restare intrappolata nella tua gabbia."

"I miei sogni sono una persecuzione, ogni notte è lo stesso. Anime tormentate che mi vorticano intorno, mio fratello soprattutto. Ma io non ho potuto fare nulla. Cosa potevo fare?"

"Cloe, calmati."

"Avevo solo dieci anni."

"Ho capito, ma c'è altro fuori. Vuoi rendertene conto?"

"Solo dieci anni, Jerus... Dieci anni."

"Vado a prepararti una camomilla."

In quella specie di disordine da insonnia, continuo a parlargli senza accorgermi che a un certo punto se ne è andato. Quando ricompare con la tazza di camomilla gli dico che voglio star sola.

In città, come era prevedibile, cominciarono a farsi domande, perché eravamo tornati e quanto saremmo rimasti e come mai...

Siccome qualsiasi domanda ci sembrava una trappola pronta a scattare, evitavamo accortamente di dare risposte che provocassero altre domande. Ci limitavamo a movimenti ambigui, talora audaci: io languidamente mi accostavo al suo petto, lui mi sorreggeva sfiorandomi il seno, poi fingeva di sussurrarmi qualcosa, io mi schermivo mettendo in scena rossori. Sorridevamo fino alla paresi, eravamo patetici e commoventi, come dovevamo essere.

All'emporio degli Opas acquistiamo vernici, idropitture, pennelli e rulli per ridipingere la casa. Compriamo anche rastrelli e zappe per la terra intorno.

"Ce n'è di lavoro da fare, eh?" dice la vecchia Opas mentre fa il conto. "È una casa così bella... Peccato per quell'incendio." La vecchia ci scruta da sopra gli occhialini, sappiamo cosa sta per dire, e infatti: "Si è saputo chi è stato?"

Gli Opas hanno un pappagallo amazzone che da quasi trent'anni se ne sta tutto il giorno su un posatoio agganciato alla cassa. Si chiama Georges, fischietta e ripete:

"Chi è stato?"

"Chi è stato?"

"È stato un incidente," taglia corto Jerus.

"Oh sì, giusto. Doveva andare così. Il destino, oh, il destino," dice la vecchia.

Noi annuiamo, paghiamo e andiamo. Georges in soliloquio:

"Destino."

"Destino."

L'incendio aveva distrutto parte della casa e del giardino. Nelle stanze di sopra erano rimasti gli armadietti di metallo e le reti dei letti; i materassi, tutti bruciati, erano stati sostituiti solo in parte. Dabbasso, la sala da pranzo non aveva più il grande tavolo della mensa, né la dispensa di faggio in cui andavamo a spiare le torte di ricotta e uvetta. In cucina solo qualche fiammata, poche scorticature, mentre il salotto con il pianoforte era stato risparmiato.

Una mattina, mentre lavoriamo la terra, il Generale ci viene vicino.

"Se riuscissimo a rinfoltire quei tigli... Dopo l'incendio si sono rimpiccioliti," dice in affanno, i movimenti gli procurano dolore, esce di rado.

Smetto di vangare.

"Hanno fatto ipotesi?" chiedo al Generale.

"Il caso, c'era vento, poi il caldo." Lentamente si volta e se ne torna dentro.

Mi affatica ricordare quei giorni, anche perché fu a seguito dell'incendio che ci disperdemmo. La notte prima Jerus e io eravamo stati insieme. Anche quella notte aspettammo che gli altri si fossero ritirati nelle camere. Ricordo questo: sotto il tavolo in cucina, fingendoci in una grotta, lui sopra che cercava di non schiacciarmi, aveva la faccia contratta in un'elegia, mi sembrava bello così concentrato, vengo, diceva, vengo. Quella notte venne due volte, veniva tutte le volte senza mai spiegare, il suo gocciolio divallava lungo le mie gambe e io intuivo che quella cosa somigliava all'amore. Quando provava a stringermi, io me ne andavo.

Una sera di maggio con lo stridio dei grilli e assente il vento o appena un fiato da ponente, sera in cui le delusioni non sono che residui di esperienze carbonizzate; una sera a basso costo, senza canne o alcool, senza smartphone, e malgrado ciò non si è afflitti o affetti da qualche forma di disorientamento, e i pensieri si sganciano dalle terapie verbali e solo dalla elementare coerenza fra loro dipende la maggiore o minore riuscita dei passaggi ulteriori; una sera in cui si è tagliati fuori dagli eventi mondani e se ne vivono sincronicamente altri e più misteriosi; sera leggermente carezzevole in cui esausti ci si lascia cadere e si direbbe che è qui che si vuol stare, dove l'avvenire si annuncia senza intenti persecutori, qui dove le configurazioni intime si allentano, e flebili e insufficienti sono i punti di riferimento, ma anche quelli di accollo… una di quelle sere in cui sembra possibile radunare tutte le storie, tutte le vite che siamo stati, non in teoria ma concretamente, nel punto in cui ci troviamo.

Jerus ha voglia di giocare. Abbiamo scovato una vecchia damiera con tutti i bianchi e i neri a posto, ma dopo qualche mano, schiacciato dalla mia abilità, Jerus fa saltare il tavolo. Quindi mi copre gli occhi e mi spinge fuori. Li riapro che siamo sotto la sequoia.

"Guarda lassù, attraverso le foglie."

Piccole infinite stelle si sono infilate nel cespo dell'albero, sembrano luci d'addobbo senza intermittenza, senza Natali in vista.

Mi avvicino di più a lui e insieme guardiamo la notte. Dalla casa, a piccole ondate, giunge il *Chiaro di luna* di Debussy, eseguito da Madame.

"Jerus..."

"Sì," dice con voce docile.

"Perché siamo qui? Voglio dire, cos'è che ci ha fatto tornare?"

"Non lo so, Cloe. A me sembra di non essermene mai andato."

"È per questo che non mi hai detto dei tuoi ritorni?"

"Da chi lo hai saputo?"

"Dalla vecchia Opas."

"Be', comunque non era un segreto."

Spalla a spalla, ora guardiamo intorno. La Collina sembrava sul punto di venire a capo di un'esperienza cruciale. Ora si lasciava segnare dai venti, indietreggiando sveltissima nelle stagioni. Ora si preparava a una nuova nascita, risvegliandosi a qualcosa che fino a quel momento le era stato precluso. Certe volte s'impossessava della notte come una grande composizione dipinta nello spirito di *Moonlight* di George Inness.

La sequoia cominciava a tingersi di verde, salendo infinitamente, malgrado lo zoccolo duro delle radici. È un'opera d'arte, non riesco a immaginarmi niente di più vicino a un'idea di libertà. Ma c'è dell'altro in questo liberissimo vivente, una forma elementare di generosità: il tronco si è diviso in due fusti gemelli che si sorreggono a vicenda e, strutturati come unità complessa, vanno verso l'alto. È così, forse, vivere senza ricevere aiuto, non trovando che in sé il punto di soccorso, in una ordinaria confidenza di torace schiena e gambe, attingendo da una riserva di forza che, insperatamente, affiora dal sottosistema della latenza; in silenzio, calibrare i passi, portare avanti la vita verso mete non negoziabili.

"Che sai dell'incendio?" dice a un tratto Jerus.

"Che so, che so… Destino destino, fa il pappagallo degli Opas."

"Sono serio, Cloe."

"So che ha tagliato la mia vita in un prima e un dopo, ti basta?"

"Mi riferisco alle cause, cosa sai?"

"Quel che dice il Generale, il caso, il caldo, il vento…"

"Cloe, ascolta…"

"Penso spesso a come sarebbe stata la mia vita se di colpo non avessi dovuto ricominciare daccapo, lontano da qui. Quante me ne sarei risparmiate."

"Cloe…"

"Sarei rimasta e ci saresti rimasto anche tu, ne sono certa."

"Cloe, per favore ascoltami."

"Avremmo continuato il loro lavoro."

"Sono stato io a dare fuoco alla casa."

"Ricordi come si diceva in casa? *Allunare* bambini. E noi li avremmo allunati, rifocillati, vestiti, curati quando si ammalavano. Avremmo mostrato loro che la bellezza esiste e che ogni uomo ne ha diritto. Ma soprattutto, saremmo stati gentili: a questo, più che al resto, li avremmo trovati impreparati, come lo eravamo noi."

"Sono stato io, hai sentito?"

È probabile che, negli istanti che seguirono, da qualche parte nel mondo ci sia stato uno scoppio in grado di far aprire una grossa crepa nel muro di là dal quale ci sono le verità che è meglio non scoprire. Sono sicura che esista da qualche parte un museo delle verità inconoscibili, circondato da severe mura conservative, un fortino a cui non si dovrebbe giungere se non volontariamente, e anche quando vi si giungesse chi sarebbe tanto pazzo da entrarci?

"Avevo dentro qualcosa di erosivo che veniva da lontano. La morte dei miei, mia sorella scomparsa in una notte... Ho dato fuoco all'unico posto al mondo dove sono stato felice."

"Chi altri sa?"

"Il Generale e Madame."

"Che se ne sono assunti la responsabilità. Perciò furono costretti a chiudere e a mandarci via."

Le sere successive scesero sulla Collina come un pulviscolo nero che si posa sulle cose dando loro lo stato di ciò che è fermo. Avevo imparato presto a tapparmi le orecchie, premendo con forza i palmi perché non passasse neanche una minuscola onda sonora. C'è qualcosa di opprimente in certi suoni che ti raggiungono senza che tu lo voglia, senza che tu possa impedirlo; suoni disprezzabili e anche malvagi se mandano in pezzi una barriera consolidata. Il caso, il caldo, il vento: questo sapevo prima, questo avrei saputo anche dopo.

Lasciami stare, vattene, sparisci, vaffanculo, non mi toccare: era più o meno questo il frasario di Jerus, nei primi anni sulla Collina.

Al mattino si alzava all'alba e si preparava con cura, diceva che presto sarebbe passato per la Collina il treno diretto al resto del mondo e lui lo avrebbe preso. Quanto a me, ora che avevo trovato una casa, speravo di non vedere più treni.

Veniva su oscuro. Cercava la rissa per farsi punire e starsene separato. Non aveva paura di niente, non cercava protezioni, materne rassicurazioni, e forse per questo ero attratta da lui. In casa, gli altri bambini lo evitavano; io invece, io mi alimentavo delle sue piccole abitudini quotidiane, lo spiavo, lo imitavo, leggevo i libri che lui aveva letto, in breve lo amavo!

"Piccolo sgorbio, togliti dai piedi."

E io arrossivo.

"Vuoi lasciarmi in pace?"

No, dicevo, no no no!

"Sei una zecca, ti spruzzerò il veleno sulla testa."

E io ridevo (in casa non c'era veleno, ah!), e poi ormai ero presa d'amore per lui.

Verso i diciassette anni, il cambiamento: al silenzio sostituì lo strepito chiassoso del pagliaccio; al restarsene appartato, i fatti di letto.

"Dove vai, quando te ne vai?" gli chiesi una volta.

"Lontano dalle vostre risate," disse.

E poi la baldanza per il suo corpo già statuario, la fierezza per l'ingegno, pari a quello di Ulisse, diceva. E raccontava la storiella – chissà quanto vera – dell'ultima Pasqua prima che il Generale portasse lui e la sorella sulla Collina. Mancava una settimana alla cena rituale che quell'anno non avrebbero fatto. Mentre intorno la vita procedeva con la lena della festa, Jerusalem era in casa a farsi i conti. Si guardò le mani. Erano piene di geloni e spacchi, aveva tagliato la legna nei boschi, era stato aiutante benzinaio. I suoi erano morti in un incidente d'auto mesi prima e da quel momento, in assenza di parenti disposti all'adozione, si era dovuto occupare della casa e della sorella, e faceva di questi lavoretti dopo la scuola per mettere insieme qualche soldo. Aveva dodici anni.

"Vendiamoci i mobili!" disse a un tratto alla sorella. "A che servono, se non abbiamo niente da metterci dentro?"

La notizia si diffuse rapidamente nel quartiere, e da un uscio all'altro si sentiva ripetere che i due ragazzi vendevano. Così, a gruppi, i vicini facevano visita ai ragazzi, e con quanta abilità trattavano sul prezzo, come inebriati dalla possibilità di rinnovare i propri arredi con pochi quattrini facendo una buona azione che tornava comoda in vista della Pasqua.

La casa fu spogliata di tutto, anche dei letti, ma per l'ultima cena ebbero erbe amare, pane azzimo, *charoset*, agnello arrostito a volontà.

"O babbo! babbo! dove stai andando?
Non andar così svelto.
E parla, babbo, parla al tuo bimbetto,
se no mi perderò."

Buia la notte, là non c'eran babbi;
il bimbo, nella guazza;
fondo il pantano, il bimbo tutto in pianto,
e la nebbia sfumava.

Nella Cina meridionale c'è un uomo di quarant'anni che ogni giorno percorre diciotto miglia a piedi, con una gerla di vimini sulla schiena in cui mette suo figlio, che ha dodici anni e non muove braccia né gambe. Ogni giorno questo padre porta il figlio nell'unica scuola che lo ha accettato, prima di andare a lavorare. Nel pomeriggio rifà lo stesso percorso, lungo i sentieri petrosi del ritorno, nella gerla c'è il figlio. Il suo sogno è che un giorno possa iscriversi al college.

È sera, siamo riuniti in salotto, le finestre sono aperte, giugno ha finalmente portato tepori alla Collina. Madame ha appena eseguito per noi il *Caravan* di Petrucciani.

"Se vi imbattete in un filmato di Petrucciani, fate caso alle sue mani," dice levandosi dallo sgabello. "Mani fuori misura: lunghe, agili, infaticabili. Con quelle faceva assoli su tempi impossibili, saliva di tonalità fino al punto in cui i tasti non bastavano più."

"Le sue mani sono lui," interviene Jerus, "le vedi muoversi e non pensi ad altro. Non vedi il corpo contratto in un metro, non c'è il difetto."

"Immaginate se si fosse chiuso in casa, temendo gli sguardi degli altri," continua Madame. "Pensate se il padre si fosse vergognato di questo figlio così imperfetto... Invece gli costruì una pedaliera di rinvio perché arrivasse ai pedali del pianoforte."

Il Generale ci ascolta incassato nella poltrona, di tanto in tanto si concede una presa di tabacco, un po' fiuta, un po' mastica. Poi lentamente, con un gesto che ricorda una carezza, poggia la tabacchiera sul tavolo basso e si libera la gola con un colpo di tosse

"Alcuni anni fa," dice, "era forse il 2010, il mio amico

Andrea, anche lui nato nel Sud Italia, attraversando il deserto si fermò in un accampamento di pastori berberi. C'erano almeno cinquanta gradi e il mio amico, alto e robusto, non si toglieva la giacca e fumava, una sigaretta dietro l'altra. Uno dei pastori aveva un figlio della stessa età del figlio di Andrea. Era malnutrito e stava con i piedi nudi nello sterco delle sue capre rachitiche. Ogni tanto abbracciava un magrissimo asino assalito dalle mosche. Il padre lo chiamava a sé per accarezzargli la testa, non aveva altro da dargli. 'Il bambino,' mi riferì Andrea, 'mi guardava felice e davvero non la capivo, quella sua felicità. Suo padre lo faceva vivere a piedi nudi nel deserto, in una fetida tenda rattoppata, eppure, nonostante tutto, era felice. In quel momento pensai con risentimento all'infelicità dei nostri figli, e per disprezzo di me presi tutti i soldi che avevo in tasca e glieli diedi. Lui se li strinse nella mano e mi guardò con espressione radiosa.'"

"Questo mi disse Andrea," prosegue il Generale e riprende la tabacchiera dal tavolino, "e devo ammettere che mi sono interrogato parecchio sullo stato di felicità del bambino nel deserto, povero di tutto ma ardente come un roveto che non si consuma; ho riflettuto fino a trovare nella tenerezza del padre, nella semplicità possente delle sue carezze sulla testa, la prima radice del suo star bene."

Nell'inverno del mio cuore ho desiderato a lungo di essere amata. Talmente impaziente, questo desiderio, da ritenerlo a un certo punto un'aberrazione affettiva. L'Amore – anzi l'amore, anzi quell'onda neurochimica che se entra in circolo smantella il tuo (triste) equilibro – mi era morto chissà quando, chissà dove, e sebbene io continuassi a cercarlo e lui riapriva per un istante gli occhi, erano ormai occhi ostili da cui dovevo guardarmi. Così i gesti e le parole per respingerlo all'arrivo divennero sempre più affilati. Quel che dissi a Jerus, nel motel del nostro ultimo incontro, era un capolavoro di non senso, eppure sembrava la confessione di un'anima fisiologicamente afflitta:

"Non dirmi nulla, ti prego, ho fantasmi che ballonzolano dentro qualche organo, agiscono scomposti, dietro i muri scalpitano, fanno mettere mani davanti, forse i miei fantasmi sono simili ai tuoi, e ad essi si finisce per obbedire fuggendo, bisognerebbe farli incontrare in un loculo: che si accapiglino tra loro, che litighino, che si azzuffino, che si uccidano pure, ma tra loro, oppure bisognerebbe annientarli, sparare, sparare mirando precisi, il fatto è che abbiamo mani che tremano, occhi che non vedono bene: se pure decidiamo di colpirli può accadere che prendiamo male la mira, puntiamo al bersaglio sbagliato; qualche volta il colpo ha un ritorno e becca proprio noi, così si aggiunge ferita a ferita, e finiamo per essere le nostre ferite..." Quindi l'*addio vivi bene*: "Non fuggo da te, fuggono i miei fantasmi dai tuoi, non dire nulla ora, lascia che i fantasmi si incontrino, se devono, e si scuotano fra loro, bisognerebbe ucciderli, prima che ci uccidano: la loro compagnia è finta, agiscono in modo che vengano dette e fatte cose che feriscono l'altro; solo così vivono, le nostre anime si sono riconosciute nonostante i fantasmi, nonostante le mura dei castelli interiori che essi infestano; si sono intraviste attraverso le crepe, ma non è facile abbattere quei muri, lo sappiamo, solo un terremoto può riuscirci, e in attesa di un rivolgimento, bisognerebbe allargare le crepe di quei muri, scalpellarle per farvi passare la luce, luce sparata sui fantasmi, ecco sì: sparare luce e finalmente colpirli."

Ma era così? Forse la verità risiedeva altrove, forse dovevo cercarla nel timore di ritrovarmi ancora – *en-core*? – sull'orlo dell'abisso, quel caro vuoto a cui la bambina disperata in nessun modo poteva sopravvivere. Quel che era stato mi straziava il corpo e l'anima, e quanto più un incontro mi coinvolgeva, tanto più forte si risvegliavano in me le tossine dell'angoscia e della vergogna.

Solo che un bel giorno, e davvero ora non saprei indicare il momento preciso, altro accadde: mi resi conto di non essere più la bambina che muore di rifiuto sul suo lettino. Ero cresciuta e a quella bambina potevo finalmente provvedere.

Come vent'anni prima e malgrado la debolezza che lo affligge, dalla glottide del Generale continuano a uscire le ragioni seminali dell'aspro suo dissidio con Dio, al quale rimprovera soprattutto tiepidezza, qualcosa che ha a che fare con il compiacimento dell'inerte per la sua stessa inerzia. In breve, gli rimprovera una coscienza rassegnata davanti alle furie umane, e per questo, a un certo punto, cercò di sostituirsi a lui: se sarà necessario, diceva, ruberò, truffferò, diventerò orribile, ma non resterò a guardare.

"Quest'uomo è affetto da idiozia imbarazzante," commentava Madame.

Quando ci prese in casa la sua battaglia era già in corso, sebbene rischiasse di perdere con disonore, come poi andò. Generale di nessuna guerra, diceva di sé. Generale della sua personale guerra, perduta su ogni fronte. Ma non era quello il punto, non gli importava vincere, non temeva di passare per pazzo. Ciò che voleva era offrire una meta per una crociata di bambini, una crociata in cui i bambini non andassero a morire.

"Cosa c'entrano i bambini, mi vuoi rispondere?" Era la sua ribellione, come quella di Ivan Karamazov, e urlava quando credeva di non essere sentito da noi, ma noi lo sentivamo e lo vedevamo puntare il dito al cielo, gli vedevamo le vene al collo ingrossarsi fino a crepare. “Se necessario,” diceva, “li porterò sulla luna e, se questo significherà sostituirmi a te, be’ ne pagherò le conseguenze, ma non arretrerò di un passo.”

Uno dei racconti che ancora ripete è tratto dal Vangelo di Matteo, un racconto che trabocca di sangue ma questo sangue non ha la forza di opprimere:

> Erode, accortosi che i Magi si erano presi gioco di lui, s’infuriò e mandò a uccidere tutti i bambini di Betlemme e del suo territorio dai due anni in giù, corrispondenti al tempo su cui era stato informato dai Magi. Allora si adempì quel che era stato detto per mezzo del profeta Geremia: “Un grido è stato udito in Rama, / un pianto e un lamento grande; / Rachele piange i suoi figli / e non vuole essere consolata, perché non sono più.”

“Perché Dio ha permesso un simile carnaio?” ci chiede.

Siamo riuniti in salotto, come ogni sera da quando siamo tornati. Ogni tanto vorrei tenermi a distanza dai discorsi del Generale. Mi coinvolgono, certo, ma mi piacerebbe che parlassimo anche di cose lievi come una gita al mare che sogno di fare, il mare che non vedo da anni, e nuotare finalmente nuotare in un fascio di luce, da qui mi vedo con chiarezza arrivare al mare, finalmente arrivarci, e nuotare riuscendo a respirare.

Ripete: “Perché Dio ha permesso un simile carnaio?”

Jerus e io ci guardiamo, sappiamo che il Generale non interroga noi, non è da noi che deve venire la risposta alla sua eterna domanda. E difatti prosegue: “Per salvare il suo unico figlio, vi dico.”

“Non prova imbarazzo per quel sangue? Non erano suoi figli anche gli altri?” Jerus interviene e c’è durezza nella sua voce, una durezza risentita che il Generale subito coglie.

“Dio ha un solo figlio. Gli altri sono stati da lui creati come i fiumi, le montagne, gli angeli, la luce e le tenebre.”

“Una differenza non da poco,” commenta Jerus.

“Cosa può Dio di fronte all’uomo? È l’uomo che genera iniquità e sventura. Prendiamo il caso di Erode, un sanguinario che aveva a cuore i maiali più dei figli: Dio ha fatto ciò che un padre fa, ha preservato il figlio con ogni mezzo.”

“Non dimenticate la persecuzione dei bambini ebrei ordinata dal Faraone dell’oppressione,” si aggiunge Madame. “Quando assisterete le donne ebree partorienti, e le vedrete sul sedile del parto, se è un maschio uccidetelo, ordinò.”

“La storia dell’uomo è piena di bambini sacrificati nelle valli, tra i crepacci delle rocce,” riprende il Generale. “Bambini cari agli dèi, meno ai genitori.”

Resto ad ascoltarli in silenzio, ma ho questioni mie su cui riflettere, per esempio ho una mia idea sul senso di paternità di Dio verso suo figlio: lo vedeva, sì, ma in fondo avrebbe potuto vederlo meglio.

A supporto della mia idea entro spesso nelle chiese, lo faccio soprattutto per osservare il volto di Cristo sulla croce – è per me il volto di un figlio: chiede aiuto, è rassegnato o cosa? Io ne sento il lamento, e il padre?

Una volta in una chiesa di Pescocostanzo, in Abruzzo, notai

quel suo volto non piegato in avanti come nella maggior parte delle rappresentazioni: restava sollevato e rivolto al cielo che intanto sfumava nel grigio della lontananza... Questione di istanti, quindi il vuoto o un'eco? Certi bambini devono salvarsi da soli.

Talvolta mi sono chiesta se sia possibile vivere in un mondo senza Dio, un mondo che Jerus immagina evangelizzato dalla miscredenza contro il vizietto dei mandati dal cielo di vederlo ovunque, tranne là dove sarebbe educato da parte sua almeno mostrarsi.

"Sono stato scaraventato quaggiù senza averlo chiesto," ripete Jerus, "e per di più in ritardo, visto che nel frattempo Dio è morto. Ma, incredibilmente, pare che sia stato proprio io a ucciderlo."

"Io credo che tu sia stato mandato da sotto," dico irridendo quel suo modo terminale di affrontare certe questioni.

"Può darsi. E vedrai che nel fuoco ritornerò."

Nella trama troppo ellittica dei suoi discorsi, Jerus sembra alla secca di tutte le sopportazioni, ma in realtà nasconde l'affanno di chi ha tanto corso e la prima parola che gli esce spontanea con il respiro, non appena si ferma, è proprio Dio, Dio mio.

Quanto a me, sento di poter dire con sufficiente certezza di essere al sabato del silenzio. Conservo una foto scattata dieci anni fa in Spagna, nella chiesa del Castello di Javier, durante il cammino ignaziano a cui presi parte invitata da un giovane gesuita. La foto ritrae il Cristo crocifisso e sorridente. Ricordo che incrociai quel volto al termine di una lunga camminata notturna in cui capitò di perdersi, di calarsi da acciottolati che rasentavano burroni, senza luce, in preda alla stanchezza e al sonno. Con le mie fatiche addosso, mi presentai al volto che mi accoglieva con un sorriso. Ma come fai a sorridere da quel patibolo di morte? Il giovane gesuita disse che nessun altro sguardo è capace di accogliere come quello di chi è spinto ad agire solo dall'amore.

Se penso a qualcosa che ha a che fare con il divino, oggi penso a questo: camminare nel buio, perdermi, intristirmi, per incontrare infine un sorriso. È perciò divino l'uomo che te ne regala uno, lo sconosciuto che ti accoglie nonostante la sua croce. Credo dunque nel divino che è nell'uomo, quando fa questo. E credo in Dio che s'è fatto uomo, rinunciando alla sua onnipotenza. A questo Dio posso perdonare il silenzio, la mancata presenza là dove era atteso: questo Dio posso perdonarlo, come qualsiasi uomo sperduto che non sa più cosa fare.

"Non credo di aver capito. Tuo marito ti ha lasciato tre mesi dopo il matrimonio e tu non l'hai cercato per dargli almeno un pugno in faccia? Scusami se rido, ma non riesco a trattenermi."

È già agosto, preavviso d'autunno sulla Collina. Entro l'ombra trionfale del grande platano torno in amicizia con la terra che ha una sua misericordia. Dicono che l'uomo sia fatto di terra, e penso ai residui di energia nascosti in parole ormai inerti, *homo humus humilis*. Se è così, la terra lo riconosce, gli procura da mangiare, ne accoglie infine le spoglie. Se però all'umiltà che dovrebbe essergli congenita l'uomo sostituisce l'arroganza del feroce, la terra – Gaia, in cui si trovano tutte le specie viventi – se ne ha a male, si vendica, ne respinge i resti.

"Sì, è andata come dici," rispondo a Jerus, che continua a farmi domande su cose di un passato ormai andato che io voglio solo dimenticare.

"Hai sposato un fantasma, oppure stai inventando un'altra storiella?"

"Tutto vero."

"Mostrami una foto del matrimonio."

"Nessuna foto, fu una cerimonia frettolosa."

"Lo sapevo: un fantasma o un altro prodotto della tua vivace immaginazione."

"Comunque, non lo amavo."

"E perché lo avresti sposato?"

"Per quella vecchia faccenda del buio. Se qualcuno parla c'è la luce."

In quel momento un colpo di vento sollevò una a una le foglie del platano precocemente cadute. Erano belle da guardare nella fantasiosa complicazione dell'immagine: si muovevano con la grazia provvisoria delle cose che hanno trovato il modo di rialzarsi e ora insperatamente vorticano, mentre il mondo scorre indistinto di lato. Il sopraggiungere di un ricordo spostò i miei confini. Ripensai al professor T., al suo coraggio di vivere tra ombre che gli erano divenute amiche: se impareremo a non avere timore del buio, diceva, non ci faremo ingannare dalle false lanterne; non sempre il chiarore indica la strada: San Paolo metteva in guardia dai finti angeli di luce.

Non lo avevo più sentito. Con quale protervia avevo preso da lui i suoi delicati pensieri, i silenzi rivelatori come nei film di Dreyer, per poi sparire senza più preoccuparmene?

Presi il telefono, che ormai usavo solo per fotografare gli uccelli in volo, e trovai il suo numero, se non era cambiato; senza convenevoli gli mandai un messaggio di saluto, ricordandogli la promessa di venire sulla Collina se ci fossi tornata, un messaggio che non teneva conto degli anni trascorsi.

Jerus non si era accorto di niente, perso com'era nei suoi pensieri. Due nugoli di minuscoli insetti si alzarono e si abbassarono in perfetta sincronia, e in corrispondenza delle sue orecchie. Tra le credenze e le superstizioni che si tramandavano nel polveroso villaggio in cui sono nata, c'era questa solfa degli insetti che avvicinandosi in gran numero annunciavano preoccupazioni.

"A cosa pensi?" gli chiedo; i suoi occhi sono rivolti altrove, ma riesco ugualmente a vederli, luminosi come non mai.

"Ho intenzione di restare qui. Porterò avanti il progetto di quei due visionari, proprio io che l'ho distrutto."

"Stai scherzando, spero."

"Non sto scherzando, sono serissimo. Secondo te perché il Generale ci ha richiamati?"

"Non lo so," dico, ma in realtà ho intuito il suo desiderio di non lasciare che tutto vada perduto. "Per salutarci, immagino. Teme di morire e ci vuole vicini, anche se io credo che vivrà ancora a lungo."

"Ci chiederà di far rivivere la Casa dei timidi."

"Te lo ha detto lui?"

"Sì, e lo dirà anche a te. Una sera di maggio tu stessa hai detto che se non ci fosse stato l'incendio saremmo rimasti sulla Collina, avremmo *allunato* bambini, mostrato loro che la bellezza esiste e che ne hanno diritto. Siamo ancora in tempo, possiamo farlo ora."

Capisco che fa sul serio dal modo quasi impercettibile in cui gli vibrano le narici, e d'improvviso mi coglie un'onda di struggente affetto. Se c'era una cosa al mondo che non volevo era dovermi di nuovo separare da lui.

"È escluso," gli dico.

“Perché?”

“Non posso, non insistere.”

“Perché, dimmi perché.”

“Mi sono addestrata alla fuga, non so fare altro.”

“Sciocchezze.”

“È così. Ho mandato a memoria nomi di stazioni, scali, conosco il modo più veloce per prendere un aereo, per saltare su una nave, so crearmi false identità... Questo passaggio sulla Collina non è diverso dagli altri. Come puoi pensare che mi fermi?”

“Resta con me, Cloe.”

“No, io posso solo andarmene. Come dopo l’incendio, ricorderai, quando ci disperdemmo tutti a causa tua.”

Ho cercato per anni una definizione che restituisse un senso a *ciò che eravamo*, e non potrei dire *chi eravamo* giacché eravamo ciò che altri avevano voluto che fossimo. C'è qualcosa di allarmante nei lamenti di chi si sente escluso, come se insolentissero chi non lo è mai stato, come se contenessero una minaccia di vendetta. Quindi non dirò che noi eravamo gli esclusi. Da quale banchetto, poi? Noi eravamo la semplice eccedenza. Ma come piante aeree che nascono e vivono senza radicamenti sotterranei, gli eccedenti traggono forza dall'aria, ancorandosi provvisoriamente a quel che trovano senza prenderne nutrimento. Sono figli dell'aria, i figli di nessuno, di una utilità maggiore di quel che si creda. Essi provocano la rinascita. Diciamo naturali i figli illegittimi, concepiti di furto, e ciò che è naturale ha forza generatrice.

I figli dell'aria guardano verso l'alto e non mettono radici, puntano al Dio capriccioso e lo pacificano in modo che possa mostrarsi agli altri riconciliato. Una sorte simile credo sia toccata perfino a Gesù, mandato al mondo da suo padre e poi trafitto in croce per salvare tutti gli altri. Lo aveva forse chiesto di nascere per soffrire? E mio fratello, lo aveva forse chiesto di ritrovarsi pedina fra madre e padre, sulla più tragica delle scacchiere?

L'umanità si salva grazie al sacrificio del Figlio: così Dio rivela il suo amore per gli uomini. Gesto fondante, di estrema generosità, nulla da dire. Ma se Gesù, Figlio dell'Uomo, non avesse voluto morire, poniamo, e magari avesse voluto decidere qualcosa della sua vita senza che altrove si decidesse per lui, e tenere per mano qualcuno e invecchiarci insieme, sappiamo che niente di tutto ciò poteva accadere, dato che il suo destino si spiegava in trame ineluttabili. Dunque Gesù è stato uno di noi, un eccedente come noi che accetta il sacrificio per salvare tutti gli altri.

È mezzanotte passata quando formulo per iscritto questo pensiero. Tutti i più oscuri pensieri mi vengono di notte. In questo momento sono sola, ma neppure questo è vero. Sono in dialogo con le ombre che vengono a dirmi sii gentile con noi. È una notte chiara, vado alla finestra chiusa di questa stanza, intravedo stelle che si avvinghiano le une alle altre, sosto nelle orbite dei satelliti.

Contro il muro ho accostato le cornici, sono tutte vuote. Ho voluto dimenticare i volti, i nomi, le età dei tanti che con me divisero la Casa sulla Collina. Una cancellazione necessaria per il carico di sofferenza che ciascuna di quelle minuscole vite tratteneva. In quegli anni, a voler essere sincera, gli altri mi ingelosivano. Avrei voluto solo per me, e per Jerus, l'affetto del Generale e di Madame, quell'amore che si annunciava maggiore in quanto gratuito e libero da vincoli. Forse ero una bambina orribile, perciò qualche volta ho sperato che quegli altri sparissero e al mattino ritrovarmi con Madame e il Generale al tavolo della colazione, c'è anche Jerus, e farmi tagliare il pane da loro e imburrarlo e ridiamo insieme, come ridiamo...

Dopo l'incendio lasciammo la Collina e ci disperdemmo. Ci accomunava la disappartenenza e io ho continuato a praticarla anche in seguito, in docile silenzio.

Suresh Yadav, vice ispettore di polizia, stava pattugliando la riserva naturale di Katarniaghat quando d'un tratto un branco di scimmie gli è passato davanti. Nulla di strano, se non fosse che, seminascosto fra gli animali, zampettava un cucciolo di essere umano. Era una bimba, nuda, e in apparente buona salute. Quando l'ufficiale si è avvicinato, i primati e la piccola hanno cercato di spaventarlo emettendo grida. Con molta pazienza, però, alla fine Suresh è riuscito a prenderla con sé e a consegnarla ai medici dell'ospedale locale.

"Dopo settimane di cura," ha detto il medico, "la sua salute è migliorata, e la sua posizione è prevalentemente eretta, anche se continua a voler fuggire ogni volta che vede un essere umano."

La stanza del Generale è greve di umori catarrali. Non vivrà ancora a lungo, ne è convinto, perciò ha voluto che tornassimo. Come anticipato da Jerus, ci ha pregati di non lasciar morire il progetto della Casa dei timidi. In seguito all'incendio, uno stigma d'incapacità si è abbattuto su di lui e negli anni è divenuto una specie di tabe visibile anche nel fisico. La misura di energia vitale che gli è stata concessa è in esaurimento, dice, ma gliene resterà abbastanza per arrivare al giorno in cui la Casa sarà riabilitata, se noi non l'abbandoneremo.

"Un bel ricatto!" dico a Jerus, appena siamo soli.

Jerus mi guarda con un'arietta di sfida:

"Non ce la fai proprio a fare qualcosa per gli altri, eh?"

"Qui non si tratta di fare qualcosa per gli altri," gli rispondo, "ma di ritrovarsi dentro decisioni che sembrano già prese."

"Accidenti, Cloe," alza la voce, ora tutto di lui è una evidente provocazione. "Stiamo parlando del Generale, un visionario che crede ancora alle spedizioni dei bambini. Cosa ti costa accontentarlo per il tempo che ancora gli è dato di vivere?"

Il Generale possedeva antiche carte e mappe che periodicamente consultava. Era convinto che presto o tardi avremmo avuto notizia di una grandiosa spedizione di bambini.

"Qualcuno sostiene che le *partenze meravigliose* rientrino in un ritmo di vita cosmica." Rannicchiato nella sua poltrona rossa, si rianima parlandoci ancora di queste partenze. "Farfalle, uccelli, pesci, rane partono allo stesso modo, ognuno secondo l'ordine e la stagione della sua specie. Io, invece, credo nella prefigurazione realistica dei fatti: quanto sta per accadere è già accaduto nella storia umana e ci sono indizi che ne annunciano il ripetersi. Ricordate che vi raccontai della crociata dei bambini del 1212? Con un po' di penetrazione storica ho capito che dovevo seguire quegli indizi. Il giorno della loro partenza è più vicino di quanto crediate."

Le ragioni che tengono il Generale in attesa di qualcosa che nessuno sa se si verificherà sono indiscutibilmente valide, ma la tenacia con cui attende quel giorno è segno di un'urgenza accresciuta. Le più profonde umiliazioni inflitte ai bambini, dice, sono il segno che l'umanità ha in odio sé stessa. Stavolta è al punto di non ritorno. È ancora ai bambini che guarda, siriani, messicani, i bambini soldato, gli abusati, gli annegati, quelli riversi su qualche sponda, ma le loro ferite – le più atroci che la storia umana abbia inflitto, le più ingiustificabili – non saranno sanate dagli uomini. I bambini, dice, dovranno salvarsi da soli.

Il viso tondeggiante di Madame trascorre dall'indifferenza al sorriso d'obbligo dinanzi a un moribondo – sì, ovvio, la spedizione, come no! – mentre Jerus non lo contraddirebbe mai.

Quanto a me, cos'ho da perdere a credergli ancora una volta, a confidare in lui come quando, sprofondata nel dolore in cui sarei rimasta, mi tolse dalla stazione dove ero stata lasciata, promettendomi che non avrei più sofferto?

E poi c'era sempre quel peso che non mi concedeva tregua, era impossibile ignorarlo: qualsiasi cosa io facessi, qualunque pensiero abitassi, rispuntava a farsi sentire, a farsi maledire. Avevo mandato Beatrice a processo, nei varchi della mia memoria non compariva che lei a muovere i fili di quanto accaduto a Emanuel. Ci aveva allevati come polli da uccidere e al pollo per caso sopravvissuto, tutto franto, non era rimasto che mendicare la vita, prendere briciole lanciate da qualche compassionevole.

Ma era andata davvero così? Ogni tanto una voce sconosciuta voleva farmi sentire che non tutto era stato confusione e terrore; che Beatrice qualche volta mi confortava tenendomi al petto e io giacevo in un torpore benefico e lei era vasta fino a contenermi e io mi davo a sfiorarle il seno con due dita, la pelle era ruvida come se ne avesse passate parecchie. Forse era morta e nessuno me lo aveva detto. Ma come aveva potuto lasciarmi di notte in una stazione?

"Non sei stata lasciata in una stazione. Hai costruito un ricordo che non corrisponde alla realtà. E anche se l'invenzione non è meno veritiera della realtà, un abbandono così crudele non ti è stato inflitto.”

“Madame, parli delle cose che mi riguardano come se non mi riguardassero. Come ci sarei arrivata fin qui?”

“Tuo padre ti affidò a noi. Come psicoterapeuta, in passato, ci aveva aiutato con i ragazzi più difficili. Beatrice era caduta in deliquio, e tu non volevi stare con lei a casa dei nonni, né con tuo padre e la sua compagna, fuggivi di continuo. Quando cercasti di dare fuoco al ranch della zia Tilde, dove sembravi esserti calmata, tuo padre ti portò qui, che altro poteva fare? Ricordo che era notte e tu dormivi tutt'avvolta in una coperta arancione.”

“Dovevo inchiodare anche lui al processo.”

“Non c'è stato alcun processo. Il Generale ti portò all'udienza preliminare perché il pubblico ministero voleva sentirti, questo è vero, ma tua madre è stata subito scagionata.”

“È stata lei a spingerlo.”

“Non è stata lei.”

“Ne è responsabile.”

“Lo è come lo siamo tutti. Se un bambino arriva a quello, siamo tutti colpevoli, l'umanità intera ne è annientata.”

Settembre era finito e finita era l'estate, con il suo sussulto di vita. Quel giorno ero sul retro, di nuovo accovacciata sotto il platano, il grande vecchio che ha più di trecento anni e resiste come un veterano di guerra ai freddi inverni, alle sferze dei venti, all'indifferenza degli uomini. In quel momento, attraverso la terra, riuscivo perfino a sentire il dilagare delle radici, poi abbracciavo la solidità di quel tronco che non conosceva empietà, nemmeno dopo le potature più traumatiche, e sempre lasciava balenare dalle sue profondità il fiotto di un calore, generoso e gratuito, che non avevo più ritrovato altrove.

Quando lo vidi comparire al mio fianco, mi feci indietro sgranando gli occhi.

"Mia giovane amica, non volevo spaventarla. Ho pensato di farle una sorpresa, senza annunciarmi prima."

"Professore!"

"Ho ricevuto il suo messaggio, qualche tempo fa. Non le ho risposto perché non so come si fa, ma appena ho potuto… Eccomi qui."

Due accovacciate masse corporee entro il raggio del grande platano, nella risolta malinconia di una mattina di settembre:

non avrei saputo immaginarlo più bello il nuovo incontro con il professor T.

"Come sta, Cloe?"

"Al solito. E lei?"

"Al solito. Però sono qui in una giornata mite e mi sembra una gran cosa."

Effettivamente era bel tempo, e le ore a discorrere volarono come uno stormo di passeri che senza ombra di dubbio sa dove andare. Mi sembrava che il professor T. avesse un aspetto meno trasandato. Aveva un nuovo impermeabile, un doppiopetto di un blu cobalto, e un panama bianco in sostituzione del borsalino verde. Mi disse di aver ripreso a dipingere e di aver cominciato a scrivere un saggio sulla storia del colore. Arrivai alla conclusione che il congedo dall'insegnamento gli avesse giovato. Non volle però entrare in casa a conoscere gli altri, avvertiva la stanchezza del viaggio, disse, ma ci sarebbero state altre occasioni per le presentazioni. Aveva preso una camera giù in città.

"Per il momento non dica che sono stato qui," disse quando ci salutammo. "Non vorrei che pensassero male di me, che mi ritenessero maleducato, visto che non sono entrato a salutare."

"Quando ci rivedremo?" E gli ripulii l'impermeabile dalle tracce di corteccia che si erano staccate dal platano nei punti in cui lo aveva toccato.

"Presto, mia giovane amica. Ho cose da dirle."

Sei mesi dopo il mio ritorno sulla Collina lo sfacelo cui credevo ridotta la mia vita era ancora un pensiero costante, ma sempre più diluito nelle esigenze del corpo che reclamava riposo. Avevamo ritinteggiato la casa, fuori e dentro, vangato e sarchiato la terra, seminato barbabietole, broccoli, cavolfiori, lattuga, cicoria, zucchini e zucche, peperoni, pomodori, fagioli, piselli e porri, e ora ne coglievamo i frutti per i pasti.

A sera, riuniti nel salotto, non sapevamo più cos'era il pensiero astratto e ci concentravamo sulle vescicole delle mani, sui muscoli indolenziti, sui colpi inavvertiti alle ossa che a una certa ora si facevano sentire e, soprattutto, sulle cose da fare domani, appena dopo l'alba.

Questo stato di grazia dettato dalle necessità più antiche non riguardava il Generale che, incrollabile nelle sue manovre, continuava anche da fermo la battaglia.

> "Per me non era un bambino. Ero sola, nel panico, nel dolore e nella paura. Per me non era certamente come se avessi portato quel bambino nove mesi dentro di me."

"È una madre che parla," dice agitando una rivista. "Ha soffocato il figlio appena nato perché piangeva e gridava, poi lo ha tenuto nel congelatore per un anno. È stata condannata a cinque anni di prigione. Ha altri figli a cui tornare."

"Il potere di vita o di morte sui figli è un retaggio arcaico, duro a morire," dice Madame, recuperando quel tanto di forza necessario agli argomenti che il Generale intavola. "Del resto, solo con Giustiniano il bambino, almeno da un punto di vista formale, ha smesso di essere un oggetto di proprietà di cui eventualmente disfarsi. Ma c'è anche altro da considerare," continua, "e mi riferisco a quelle madri cui un momentaneo offuscamento fa commettere il più terribile dei gesti. In quale fatica vivranno, se vivranno, quando si riprenderanno?"

"Francamente non mi interessa," dice il Generale.

"Ma non puoi ignorare che alle donne è toccato di dover scontare la propria nascita come una maledizione, un danno economico e sociale, nel silenzio e nel dolore. *Unimaginable trauma,* titolava il *New York Times* riferendo delle sevizie subite da donne e bambine yazide rifugiate in Canada. In qualche parte del mondo è stata istituita una giornata per ricordare l'infanticidio femminile. Per non dire delle mutilazioni genitali: vogliamo parlarne? Quelle incisioni nella carne che, se non portano subito alla morte delle piccole, toglieranno loro per sempre la possibilità di sentire altro che dolore durante l'amore. Dirai che sono pratiche arcaiche, di popolazioni superstiziose rimaste diversi passi indietro rispetto alla civiltà. Ma la nostra civiltà non si è del tutto affrancata da secoli di misoginia che hanno trovato nel peccato originale – portato nel mondo inevitabilmente da una donna – una potentissima legittimazione."

“Ma cosa c’entra questo con l’uccisione dei figli?” Il Generale risale di qualche centimetro dal fosso nella poltrona.

“A voler leggere la storia della donna in una continuità, non mi sento di escludere che qualcosa di quella cancellazione originaria si sia depositato nella mente di noi tutte, creando una specie di zona buia che in determinate condizioni viene riattivata dal parto e dai suoi meccanismi arcaici.”

“Sofismi da mentalizzati!” sbotta il Generale. “Se guardo ai corpi dei bambini sui quali si è infierito con accanimento, non mi viene di pensare alle povere madri.”

“E allora nemmeno ai poveri padri! Le statistiche rivelano che i padri uccidono i figli quando questi hanno tra i sei e i dodici anni. Tuttavia, nella rappresentazione mediatica di questi episodi, le madri tendono a prendere maggior spazio rispetto ai padri o ai patrigni.”

Il Generale prosegue:

“Un’ammenda di cinquecento dollari. È la pena inflitta a una madre per aver percosso ripetutamente la figlia di otto mesi. L’ha ferita in viso con un cucchiaio, poi al collo, sulle orecchie, sopra le braccia. Con i vicini ha minacciato di gettarla dal balcone. Sappiamo che ha meno di trent’anni, e che forse era affetta da una depressione post-partum. Dicono che, in determinate circostanze, sono proprio i nove mesi di gestazione a determinare il guasto, e chi lo sa come fanno gli elefanti a sopportare una gestazione di quasi due anni.”

“Qui si va *fora de levada*! Gli elefanti sono animali.” Madame è evidentemente turbata, le accade di rado, come di rado le accadeva allora; ora però, da qualche tempo, ho notato che accompagna gli stati d'animo alterati, siano essi di gioia o di afflizione, con espressioni del gergo veneziano, come se il ritorno al suo idioma avesse il potere di calmarla per il fatto stesso di ricordarsene. "E comunque stiamo parlando di episodi al limite. Nella stragrande maggioranza dei casi le madri risolvono da sé e velocemente il dissidio del parto."

"Anche il parto degli umani è governato dal cervello arcaico, in tutto corrispondente all'istinto degli altri mammiferi. E come gli umani, anche gli animali soffrono per partorire, il respiro si fa affannoso già nelle ore precedenti, l'appetito svanisce, vomitano. Il travaglio, negli uni e negli altri, può essere molto lungo e il dolore ha anche una funzione di guardia: bisogna mettersi al sicuro, lontano, riparati in una tana, perché ci si troverà in una situazione di grande vulnerabilità. Nessun elefante percuote il figlio appena nato. Ma sono animali, dirai tu..."

"Come al solito stai girando la *brisioea.*" Madame si volta e si mette a leggere uno spartito.

Mi intrometto, rivolgendomi al Generale:

"A parte l'ammenda, è stato preso qualche altro provvedimento? La bambina è stata tolta alla madre?"

"La giuria ha ritenuto che le ferite sulla piccola non fossero particolarmente gravi, nessuna frattura rilevata, nessun danno intracranico."

Madame scatta in piedi:

"Ma in questa storia un padre c'è o no?"

Il Generale replica:

"Il padre della bambina ha dichiarato ai giornali di essere disgustato e senza parole. Dov'è la giustizia per la mia bambina?, ha detto."

"Ai tuoi occhi, dunque, è meno colpevole un padre che lascia fare, che resta a guardare o che se ne chiama fuori perché lontano e ignaro?"

"Facciamo un riassunto." Jerus interviene con un eccesso di vigore nella voce che ci zittisce. "Un bambino viene al mondo senza averlo chiesto, si sbraccia per sopravvivere in quei primi secondi in cui rapidamente deve imparare a respirare e comincia la vita che gli faranno vivere. A questo punto gli si aprono due possibili destini: nel migliore, arriverà a sei anni, poi a dodici, e da lì tutto in discesa; nell'altro, se non lo ha ucciso la madre entro i sei anni, lo ucciderà il padre entro i dodici. Ora io mi chiedo: chi è stato quel genio che ha definito l'infanzia l'età dell'oro?"

Un tempo in Francia, sui tetti dei villaggi rurali del Massiccio centrale, spesso c'era una tegola speciale, forse bucherellata, che se colpita dal vento emetteva un sibilo simile a quello delle canne d'organo. Quando la tegola fischiava con intensità i contadini sapevano che il grande freddo era in arrivo dalle montagne, e con il freddo i lupi.

Mentre loro si accalorano nella discussione, mi prende un capogiro, come se la tegola del lupo avesse appena soffiato per me.

"È l'ora!" diceva Emanuel, e correvamo a metterci al riparo sotto il tavolo di marmo in cucina, come mozzi che non sanno stare in mezzo al mare che s'incapriccia e vanno a nascondersi sottocoperta; in quei momenti nostra madre sembrava accecata da un odio che ci precedeva. "Li uccido!" gridava rivolta al nostro fuggevole padre, che manteneva la testa china e voleva solo andarsene, non ci guardava. “Li tolgo dal mondo così a te, uomo schifoso, non resterà più niente.”

Per mio fratello erano le parole in assoluto più insopportabili. Che ci stiamo a fare al mondo, mi chiedeva, se nostra madre ci può uccidere? Non sapevo cosa rispondergli. A quell’età dovevo occuparmi di giochi e di compiti a casa. A cinque, a sei, a sette anni non dovevo sapere cosa fossero la vita e la morte, dovevo solo vivere.

Nel mito di Medea, da Euripide a Seneca e poi riscritto in vario modo, c'è una costante: l'uccisione dei figli (παῖδες). Essi devono andare verso la morte e ci andranno. Mentre le figure del mito sono state analizzate, frantumate, reinterpretate a seconda dei tempi, dei luoghi e delle urgenze – la donna, la madre, lo straniero, l'amore e la convenienza, l'odio che acceca, il tradimento, la rozzezza dell'uomo che smette di amare, la magia, la passione, la volubile furia – di quei figli che vanno inesorabilmente a morire non ci sono stati tramandati neanche i nomi.

Il professor T. tornò sulla Collina il giorno in cui rileggevo il mito per staccare i παῖδες dall'anonimia e introdurli nella riscrittura del *Pifferaio magico*, che era però ancora ferma. Come le altre volte in cui avevo tentato di leggerlo, di colpo era calata una luce nera togliendomi la vista.

Discorremmo per un po' del vento che la notte precedente era parso ad entrambi come una voce trattenuta, sorprendentemente vulnerabile. Poi entrammo nel vivo della mia questione.

"Nostra madre minacciava di continuo di ucciderci e poi di uccidersi, per punire nostro padre che le aveva preferito un'altra donna, neppure più bella."

"Capisco, mia cara amica. Ma è tempo per lei di andare incontro alla sua ombra più grande."

"Quel giorno non mi sarei dovuta distrarre. Lei di là diceva parole oscene rivolte contro mio padre che però non c'era, io origliavo con il cuore accelerato. Eravamo a casa dei nonni, al quinto piano di una palazzina di nuova costruzione: i nonni ci si erano trasferiti lasciando a nostro padre il terraneo che confinava con il negozio di fiori."

"Cosa è accaduto poi?"

"Mi allontano solo un istante, cerco di calmare nostra madre, è tutta tesa, il corpo irrigidito dai nervi."

"Perché i nonni non intervenivano?"

"Erano usciti piangendo. Beatrice li aveva accusati di complicità nella tresca di Manfredi con la fioraia. Gli avete dato anche il comodo terraneo per farci il nido, gridava mentre quelli lasciavano la casa sperando che si calmasse..."

"Emanuel era con lei?"

"No, era rimasto nella stanza. Quando torno non c'è. Lo chiamo, la finestra è aperta. Poco prima avevamo riso per il cattivo odore delle sue sneakers. Quanto puzzano, senti senti!, diceva, e scoppiamo a ridere mentre lui mi insegue per farmele annusare. Che vomito, grido, e mi tappo il naso... Fai l'uomo, dice lui, annusa qui. Fai la donna, dico io, lavati!"

"Mi sta dicendo che Emanuel rideva qualche volta? A Venezia, alla mia inopportuna domanda sull'indole di suo fratello, rispose che non lo aveva mai visto ridere."

"Ho ricordi disomogenei. È come se avessi operato una scissione tra ciò che ricorda quella bambina e le altre me, venute dopo."

"Provi ad aprire docilmente la porta. Cos'altro è accaduto quel giorno?"

"Sono davanti al davanzale e mi tremano le gambe. Mi sporgo e mi viene da vomitare, stavolta non per gioco. È stata Beatrice a spingerlo, con le sue mani adunche."

"E come avrebbe fatto, mia cara amica? Quando lei lasciò la stanza, Emanuel era ancora vivo. Quando è rientrata non c'era più, ma in quell'intervallo di tempo sua madre era con lei, in un'altra camera."

"Allora che è successo a mio fratello, lei me lo sa dire?"

"Suo fratello ha cambiato il corso del mito un istante prima che si compisse di nuovo."

FIGLI (da dentro) Aiuto!

CORO Le senti, le grida dei figli? O sventurata, sciagurata donna!

FIGLIO 1 Che debbo fare, come posso sfuggire alle mani di mia madre?

FIGLIO 2 Non so, fratello mio, siamo perduti.

CORO Devo entrare in casa? Bisogna salvare quei bambini.

FIGLIO 1 Sì, salvateci, in nome degli dèi, presto, salvateci!

FIGLIO 2 Ormai la spada è su di noi. Siamo in trappola.

FIGLIO 1 Ho ancora un istante. Sfuggirò alle mani di mia madre e alle confusioni di mio padre non lasciando di me che un corpicino su cui potranno accanirsi, piangere o niente, che importa? Mettono al mondo figli per farne pedine sullo scacchiere delle loro vendette... Sono condannato a un destino nei secoli uguale, confuso dal ricordo di un calore che non c'è più. Seduto sotto l'altare permettimi, Dio, una domanda: cosa c'entriamo noi?

Verso il Monte

La spedizione dei bambini

Si sono passati la voce. Hanno codici, canali, parole chiave per comunicare fra loro, un mondo sommerso di segni incomprensibili.

Nella salita al Monte, sono instancabili: c'è come una fraterna intimità tra loro, vengono dai luoghi più remoti, mescolano etnie lingue usi, sono in amicizia con gli alberi, con i sassi, con ogni specie vivente, si orientano guardando il cielo, hanno l'infinito nei passi. Sono curiosi, istintivamente ostili all'ingiustizia, specie i più piccoli. Sono concreti all'occorrenza, sanno arrangiarsi da soli, contare sulle proprie gambe, ma tendono la mano a chi resta indietro: si sentono parte di un destino comune, sono una sconfinata comunità solidale, così lontana dalle nostre community.

Non usano parole dominanti, nessuna lingua prevale sulle altre: fanno ricorso a una parola interiore che noi abbiamo dimenticato. Se dicono vita, la intendono per tutti. Se dicono Dio, intendono una forza misterica e materna a cui si può ricorrere senza dividersi, Dio di pace che mai dichiara guerra, Dio che non fa paura, Dio che è pane e acqua.

Centinaia di giovanissime vite sono state spinte a muoversi da ciò che manca alla vita degli adulti, potremmo chiamarlo lievito immortale, desiderio di assoluto che in noi si è disseccato, consegnati come siamo alla superficie lubrica delle cose. Di tanto in tanto siamo disposti a credere all'abracadabra della scopa che resta in equilibrio verticale ogni 3.500 anni ma non più all'irrazionale, alle voci dei morti. Mentre tutto è ormai detto tra noi, mentre calchiamo uno spazio disfatto contagiato da paure, questa lunga carrellata di vite non ancora vissute, ma segnate dal peso delle nostre, sperimenta ciò che noi abbiamo perso o barattato con la magra soddisfazione d'inerti.

Vogliono dirci qualcosa. Qualcosa che ci riguarda. Quando tutto sta per spezzarsi, ben altro càpita, perché l'anima non muore. Ci sussurrano di non avere paura dei morti, di non distruggerli perché smettano di fare rumore dal sottomondo in cui sono confinati. Ci suggeriscono di evitare l'amnesia del presente, riempito furiosamente di cose nuove. Non c'è un palmo di terra che calpestiamo che non nasconda un frammento umano, un osso. Non c'è casa in cui entriamo che non contenga una traccia, un'energia residua. Voci inascoltate, talvolta inaudite. Voci che circolano nel vuoto e nell'assenza vivono. Ma come un monte che non finisce alla sommità e continua più in là, più oltre nel suo silenzio, nessuno se ne è andato per sempre, questo vogliono dirci.

Il giorno in cui rividi mio padre era per Madame la festa delle sorti, o Purim.

Da quando era rimasta sola con il Generale aveva intensificato l'osservanza delle *mitzvòt* – mi tengono compagnia, diceva – e per il pranzo di Purim si era data a organizzare un cerimonioso banchetto.

Ricordo che aspettavamo il banchetto anche da ragazzini, non solo per la ricchezza dei piatti, specialmente i dolci, ma perché ai più grandi era consentito bere vino e a tutti era permesso straparlare. Il Generale lasciava fare: l'atmosfera rituale e festante rendeva felici alcuni di noi, Jerus in particolare; ma poi faceva in modo che altri avessero Natale, altri ancora la loro "piccola festività", e ciascuno prendeva parte alle feste degli altri, in una mescolanza di cibi e riti che rendevano quei giorni ciò che dovevano essere: feste da cui nessun bambino era escluso.

Manfredi arrivò sul filo del mezzogiorno, a bordo di una station wagon guidata dalla moglie. Seduta sul sedile posteriore, imbronciata come se le avessero cavato un dente, Elisa non spostava gli occhi dallo smartphone. Era l'ultima dei nuovi figli di Manfredi, quattordici anni appena compiuti: età davvero complicata, disse sua madre per giustificare il rifiuto della figlia di scendere dalla macchina; gli altri due erano poco più che ventenni e studiavano a Londra.

Dunque avevo una sorella che poteva essere mia figlia.

"Ti trovo bene, Clotilde," disse mio padre senza muoversi dal suo spazio. "Ci somigliamo, non trovi?"

"Sì, due gocce d'acqua," commentò la moglie, che non sembrava ostile come l'avevo immaginata. E anzi, per tutto il giorno si impegnò a surrogare i silenzi evitanti di mio padre con una abbondanza di parola a tratti eccessiva.

Il Generale sedette a tavola con noi e pretese che qualcuno convincesse Elisa a fare altrettanto. Io non ci provai nemmeno, mi era del tutto estranea e non avrei saputo cosa dirle. Ci riuscì Jerus, che conosceva i più nuovi linguaggi tecnologici e la conquistò con una applicazione per lo smartphone che trasformava i volti in cucurbitacee. Elisa entrò in casa per fotografare le facce dei genitori e, seduta accanto a Jerus, rise e mangiò di gusto.

Per tutto il giorno aspettai il professor T.

Era venuto a farmi visita qualche giorno prima, mentre davo da mangiare alle cinque galline che allevavo libere sul retro. Lo invitai al pranzo perché mi sembrava giunto il momento di presentarlo agli altri, da mesi ormai di tanto in tanto veniva a trovarmi, ma riusciva sempre a cogliermi nei momenti di solitudine. E poi era stato lui a spingermi verso mio padre – cos'ha da perdere, mia cara amica, a mostrare un po' di compassione verso un uomo ormai vecchio? Le ferite rendono i giorni amari e nessuno ne ha così tanti da poterli sprecare –, invito che non accettò perché era indelicato sortire in una riunione di famiglia, disse, ma nel pomeriggio, se il tempo fosse stato buono, avrebbe preso in considerazione una passeggiata fino alla Collina. Non venne.

Verso sera, quando ormai erano state consumate tutte le orecchie di Amman con la marmellata di prugne e gli ospiti si preparavano ai saluti, Elisa mi rivolse la parola.

"Papà è una palla," disse. "Non gli va mai bene niente. Se non studio sono una scansafatiche, se passo le ore sui libri non sono intelligente. Mi toglie il telefono ogni tre giorni. Anche con te era così?"

Le guardo gli occhi: sono del mio stesso colore incerto tra il verde e il grigio, eredità paterna per entrambe. Come riusciva lo stesso uomo a essere contemporaneamente presenza invadente per l'una e assenza ingombrante per l'altra? (Si cambia nella vita, mia buona amica, si esce da un errore e si finisce per farne un altro, ma quasi mai è lo stesso.)

"Siamo stati poco insieme," le rispondo, "ci separammo che avevo dieci anni."

"Che fortuna!" esclama e subito ritorna allo schermo dello smartphone, controlla le notifiche, sorride: saranno i suoi amici, ne avrà tanti, si vede che è socievole e allegra. L'esatto contrario di ciò che ero io. La saluto stringendola a me.

"Cerca di essere felice," le sussurro all'orecchio.

"Okay, Cloe."

Non disse Clotilde ma Cloe, lo ricordo perfettamente. Fu per questo che mi congedai in un istante, non reggendo, tutto in una volta, quell'arrivare a un passo dalla confidenza del sangue che non potevo più avere con nessuno.

O forse la felicità
è solo degli altri, d'un altro tempo,
d'un'altra vita e a noi non è possibile
che recitarla come viene viene…

Felicità è una delle parole più inseguite, una delle più manipolate, sempre più magnificamente ambigua, definizione che tanto rassicura… L'importante comunque è darsene l'aria. Ma di quale felicità parliamo? Quella di là da venire, la felicità degli altri, dato che, a ben guardare, la nostra vita è percorsa da un profondo sentimento di tristezza. Da nascondere quanto più possibile. Al cuore del sintomo, un forte senso di solitudine, proprio nella società che erige altari al contatto e alla comunicazione, e intanto muore di frammentazione e isolamento. Restare leggeri, vivaci, eventualmente fingere, senza forzare mai il proprio contesto di infelicità, per non rischiare di ritrovarsi isolati.

Rileggo gli appunti presi durante il corso di Estetica dell'ombra, rivedo la tenacia del professor T. nel cercare di alleviare lo stremo a cui l'uomo costringe l'uomo: "Il lato oscuro degli altri ci spaventa," diceva a lezione, "ci inquietano le ombre, ci disturba il difetto, la fragilità incontrollata di quelli che abbiamo intorno, come se avessero il potere di far calare la notte sulla nostra faccia luminosa. Cosa potrà fare, allora, chi proprio non riesce a essere felice o a darsene l'aria? Dovrà chiudersi in casa, pieno di vergogna per il proprio stato d'animo. Ma se riuscissimo a risollevare quel telo di compassione entro cui tutti potremmo trovare asilo all'occorrenza. Potessimo riavere quello sguardo capace di cogliere, sapessimo riaffidarci l'uno all'altro: in fondo lo sappiamo che tutti perdiamo, tutti falliamo."

L'ultima volta che venne a trovarmi finiva marzo e la primavera si annunciava attraverso il giallo ispirato delle piccole primule, cresciute un po' ovunque. A dispetto delle previsioni, il Generale aveva superato l'inverno.

Quel giorno scrivevo in salotto. Finalmente avevo ripreso la riscrittura del *Pifferaio magico*, ma prima di riuscirci ero stata impegnata in una strenua ricerca del quaderno rosso.

Per ricominciare, difatti, mi serviva un quaderno e lo volevo con la copertina lucida e rossa. Senza quel quaderno non avrei potuto riprendere. Senza quel quaderno che avrebbe fatto ordine nel caos per il fatto stesso di avere le pagine pulite e pronte ad accogliere; senza quel caro, benevolo, accogliente quaderno, rosso e soprattutto lucido come uno specchio un lago una lastra di marmo, non potevo in nessun modo ricominciare.

Pretesti su pretesti: quanti ce ne inventiamo per non fare l'unica cosa che dovremmo fare, quella che ci farebbe stare meglio, se davvero volessimo stare meglio. Il fatto è che le paure consolidate in un certo senso rassicurano: ci si sta dentro come nella nostra casa che, per quanto infestata sia, ci è nota:

in quella abitazione ci sono i nostri abiti, le nostre abitudini. Fuori c'è l'ignoto.

Trovai il quaderno all'emporio degli Opas. Chi lo avrebbe mai detto! Il quaderno giusto mi aspettava proprio sotto la Collina, nel bazar in cui da ragazzina mi perdevo a guardare la trasmutazione miracolosa dello zucchero: caramelle a forma di bastoni, di stelle, di api, di scarafaggi (le mie preferite). Prendi solo uno scarafaggio, diceva Madame quando mi portava con sé per la spesa settimanale, e non dirlo agli altri. No, non lo dicevo agli altri neanche morta. Mi piaceva tanto quel dolce segreto tra noi.

"Sono venuto a salutarla, mia cara amica. Parto."

Il professor T. comparve nel salotto senza che l'avessi sentito entrare. D'altronde non era difficile accedere alla casa: la porta veniva lasciata socchiusa per la vecchia premura del Generale di non dare a nessuno di noi la percezione di sentirsi intrappolato – qualcuno infatti se ne andò, pochi a dire il vero, e tra questi la sorella di Jerus.

"Sicché ci separiamo di nuovo?" Di colpo ero triste. Nessuno prima del professor T. era stato tanto generoso. Con lui non ero stata costretta a nascondermi, aveva visto le mie ombre e non ne aveva avuto paura. Non si sforzi di dissolverle, diceva, ma abiti l'intervallo di spazio tra lei e loro, segua la linea di mistero che vi congiunge: anche in quella che le sembrerà una negazione della vita, troverà più vita di quanto immagina.

"Ho un altro viaggio da fare prima di tornare a casa," disse, e mi parve di cogliere nei suoi occhi uno scintillio. "E se non sbaglio anche lei ha un viaggio da fare. Ricorda quel che ci siamo detti?"

"Lo ricordo, professore. Ma è un viaggio da cui sarebbe difficile far ritorno, difficile quanto tornare dal mondo dei morti."

"Mia cara amica, chi può dire se sia difficile o meno tornare dal mondo dei morti... Tenga lo sguardo sulla strada e vada come se non sapesse."

"Non ne sono capace. Non verrò mai fuori dal chiodo fisso di non aver capito per tempo, di non aver impedito lo sfacelo."

"Veda Cloe, credo che ora sia più ragionevole affidarsi alla buona guardia di ciò che è stato, proibendosi la concrezione dei sensi di colpa. A un certo punto bisogna farlo, altrimenti come un esercito di corpacciuti guerrieri pronti a fare il deserto, tutti insieme tutti in forze, verranno a prenderci. Ma se ci pensa, i sensi di colpa sono solo un inutile sperpero, una presunzione: noi siamo poca roba, quasi niente, ombra degli uomini che passano... Come potremmo impedire al vento di portarsi via tanta vita?"

"Riuscirò mai a ringraziarla abbastanza, professore?"

"E di cosa? Sono io a dover ringraziare lei, mia buona amica. Vivevo tra i non visti e lei mi ha reso visibile."

Mi chiamo Esoluna e un lupo annoiato mi rumina accanto. Un tempo, il lupo e io vantavamo un'ammirevole resistenza alla fatica, non facevamo che correre e intendevamo la corsa con l'inspiegabile mania di vivere che ci coglie in certi momenti. Correre e guardare la morte andare all'inverso… Correre e buggerarla dai finestrini di treni, navi, aerei... Correre in qualunque modo, verso qualunque cosa, e ciò che veniva fuori dalla milza, non appena ci fermavamo, era una fitta d'onnipotenza, il trionfo della luce sulle tenebre.

Dubbio terribile:

Se le tenebre vanno a nascondersi in una zona da cui riemergono nell'istante stesso in cui le si crede sopraffatte, che senso ha tutta questa corsa?

Provai a rispondere come segue:

panchine.

Alla tentazione della fuga cominciai a opporre la sosta, a cercare panchine dalle quali il tempo indietreggiasse. Occorrerebbero panchine per le attese, quand'anche fossero vane. Contorto e primitivo insieme, lo so, ma perché no? Ho conosciuto Angela su una panchina. Diventammo amiche così, fianco a fianco, in attesa che il tempo tornasse indietro ripresentandosi meno sporco di come era andato avanti. Questa facezia nervosa del tempo che va solo in avanti non andrebbe caldeggiata sempre.

Occorrerebbero panchine per i giorni senza ritorno, per le attese nuove che bisogna darsi dopo le illusioni. Una panchina e un quaderno, tra le cui pagine dare un senso al caos. E poi, guarda meglio, guarda le strade che dalla panchina ripartono: un formidabile ventaglio di possibilità che si schiudono sui lati, avanti, indietro. E prima di rialzarsi, incidere in un angolo, per chi verrà dopo, che a volte fermarsi è un atto di ammutinamento. E così perdere treni, navi, aerei… Quindi rimettersi in cammino, vicini al proprio cuore più autentico, con un sorriso deciduo d'insorti.

… e Tartaro nebbioso nei recessi della terra…

Mi misi in viaggio mentre un nuovo agosto si annunciava con una messinscena di fulmini a dominare la Collina. Tutto ha sotto il cielo una sua ora e la mia era scoccata dentro un mucchio di elettricità. Ora che ci penso, avrei potuto vedere in quei proiettili dal cielo un segno e certamente il pretesto per non partire; ma partii, e in fin dei conti chi lo direbbe che si può affrontare il proprio lupo interiore, fargli un discorsetto occhi negli occhi: non vuoi che vada al villaggio, vero? E io ci andrò.

Certe cose hanno la forma della semplicità. È semplice capire che le si vuole, se per qualche ragione ti si parano davanti. È semplice dedurre che sono una possibilità, a misura della vita che ti sei scelto (o, più realisticamente, che altri hanno predisposto per te). Impieghi un solo minuto a decidere che vuoi starci, in quella possibilità, quando scopri che esiste. Procedi dunque fino a quell'istante, anche se qualche volta ti sei ritirato come un'ameba; cammini, dimentichi la grande abitudine alla sazietà e ti dichiari pronto alla nuova stanchezza. Di tanto in tanto una passeggera allucinazione ti sposterà dalla via, ma come in seguito a una febbre benigna ti riprenderai senza danno e tornerai ai tuoi passi.

C'era però una domanda, l'elemento di maggior disturbo: quando pure fossi arrivata al villaggio e li avessi visti, lei e lui; quando, allentata anche l'ultima resistenza, fossi finalmente andata in frantumi, chi avrebbe raccolto i miei pezzi?

La notte prima della partenza ricopiai più volte la mappa, senza badare agli ostacoli che le guide turistiche segnalavano con delle croci. Non avevo mai fatto il percorso dalla Collina al villaggio, ma avrei seguito una mappa dalla geografia non plausibile, dato che avevo disegnato ripetutamente un cerchio. In quel cerchio era il nome delle cose che mi erano accadute, in quel cerchio avrei depositato la mia colpa. Ridicolo, lo so, ma avevo la fiducia del credente che per la sua devozione si sposta in luoghi inospitali, e lo sa il cielo perché Dio vi stia più comodamente che nelle nostre case. Una sensazione che tutto sommato mi era famigliare, sperimentata fin da bambina quando pregavo per i miei peccati nascosta in uno degli orci, sotto lo sguardo benevolo di Mary Sioux.

Alla partenza, Jerus e io ci eravamo scambiati qualche parola su cose di nessuna importanza, i suoi capelli troppo lunghi, quel paio di chili che avevo preso.

"Sicura di voler partire? Puoi ancora cambiare idea." E mi prende le mani.

"Ce la faccio," mento, e do sfogo a tutta una prossemica compagnona, buffetto sulla guancia, pacca sulla spalla… "È un viaggio che devo fare," dico come se ne fossi convinta.

Lui abbassa gli occhi, io stringo le sue mani nelle mie.

"Vuoi che ti accompagni?" dice.

"No, è giusto che io vada da sola, come da sola ho percorso l'oscurità fino a qui."

Il Generale è alla finestra, mano poggiata al vetro in segno di saluto. Madame è al suo fianco, lo sorregge. Mando loro un bacio con un volteggio del braccio. Quindi do un'ultima occhiata intorno. Abbiamo fatto un buon lavoro. La facciata ritinteggiata di giallo è ora in armonia con i colori della sequoia, metri e metri di tronco che portano il cespo a rifornirsi d'acqua direttamente dalle nubi.

"A presto," dico a Jerus mentre entro in macchina. A presto è un'altra menzogna.

Al villaggio

All'ora in cui arrivai al villaggio, l'ultimo quarto di sole cadeva sulla pista di terra battuta che era la via d'accesso secondaria. Ero partita dalla Collina a bordo della mia vecchia macchina, ma il percorso fino al cuore del villaggio dovevo farlo a piedi, con lo zaino in spalla. C'era vento, un vento caldo che veniva dalla terra, e le piante davanti alle case si piegavano e se non avevano radici rotolavano come i gomitoli di rovi nei deserti. Anche il mio cappello di paglia rotolò via. Cosa ero venuta a fare? Fra tutti i viaggi che avevo fatto per assecondare la fregola del lupo di correre – viaggi senza provviste e allora come puoi chiamarlo viaggio se manca il viatico? fossi più onesta le chiameresti fughe, fughe prive del punto di fuga, dato che all'orizzonte nessuna convergenza è possibile –, fra tutti i miei movimenti, chiamiamoli così, quest'ultimo stava per assumere la forma del luogo dove ero finita, una destinazione in cui avrei scoperto di non essere morta al mondo. Rilevazione impensata, oscena, terribile.

Il villaggio era immobile, tutto preso nella luce del tramonto. Non un crocchio di abitanti, persone che andassero a brigate, nemmeno un passante, eppure mi sentivo osservata. Le case, sospettai che le case avessero occhi e bocche da cui usciva una sola distinta domanda: cosa sei venuta a cercare? Ma era tutto nella mia testa, non c'erano voci, né occhi a guardarmi. Non c'era niente, non un segno di vita umana, questo era il punto.

Proseguii concentrandomi prima su una gamba e poi sull'altra (tenga lo sguardo sulla strada, aveva detto il professor T.), su un piede e poi l'altro: avevo imparato. Anni e anni di distacco dalle sensazioni che il mio corpo cercava affannosamente di indurmi, anni di separazione e rifiuto, di frantumazioni e pezzi che venivano presi pretesi o ceduti, di cadute infine di cadute attraverso le quali questo mio tronco cercava di farsi sentire, e io continuavo a stremarlo, a fargli subire la mia patetica realtà; anni di vestiti sformati e strati su strati per nasconderlo e poi sentire freddo, sempre freddo, e le spalle anchilosate per il peso del mondo addosso, anni così a sarchiarmi l'anima e ora ecco che ci riuscivo: mi concentravo sui distretti del corpo, effusione della mia unità, e riuscivo a fermare la mente giudicante.

La strada su cui ricadevano i passi era dritta, io procedevo nel senso opposto al sole che tramontava. Sono una straniera. Mi fingo estranea alle forme ormai proscritte dalla mia memoria (vada come se non sapesse, aveva detto il professor T.), vado avanti con passi leggeri. Da una parte e dall'altra, casupole intonacate di bianco, sul davanti avevano una porzione di terra delimitata da pietre.

Finalmente rumori, una saracinesca che si abbassa, una porta che sbatte. Qualcosa si muove, ma lo fa malvolentieri, dato che tutto sembra trascurato e deserto, tutto stranissimo. Ora uno strillo che è come un riverbero che qualcuno mi spara in un timpano. Ora un brusio di voci, ma da dove? Accelerai il passo, sopraffatta da una specie di inquietudine. Poco dopo, e davvero non saprei dire da dove sbucasse, mi si avvicinò un gatto. Era buffo a vedersi, strabico e grasso ma più per anatomia. Si avvicinò quel tanto che gli consentì di girarmi intorno, poi come risucchiato dal niente da cui era venuto sparì.

Ripresi a camminare e intanto la sera scendeva con apatia sul villaggio, i colori e le sue forme andavano morendo. A quel punto si era fatto insostenibile il peso dello zaino, la mia spalla destra ancora risentiva di una vecchia infiammazione da mosse di judo mai imparate; mi fermai.

"Hai perso questo."

Ancora voci, voci sommesse che si adunavano in modo confuso, stavolta venivano da dietro, o più verosimilmente dalla mia testa, ma io non cascavo più nei miei tranelli. In fondo alla strada c'era una svolta, ripresi a camminare.

"Ti è caduto questo."

Cammina, non ti fermare. Calca il suolo, senti la terra attraverso i piedi, senti ora i piedi, le caviglie, risali fino alle gambe... Più svelta, cammina più svelta.

Qualcosa si aggancia al mio zaino e io devo fermarmi e voltarmi.

"Ti è caduto il cappello. Il vento lo ha portato lontano, ma sono riuscito a prenderlo."

Un bambino. È un bambino, non una voce.

"Grazie infinite," gli dico riprendendomi la paglietta. "Sei molto gentile."

"Come ti chiami? Io Elias. Il mio gatto si chiama Pergola, ma è inutile chiamarlo, lui arriva quando arriva."

"Mi chiamo Cloe e un istante fa ho incontrato un gatto buffo."

"Sì, era lui. Ho visto quando si è avvicinato a te."

"Poi di colpo è sparito."

"Non farci caso. Sei una turista? "

"Più o meno." E mi rimetto il cappello in testa.

"Allora spero che ti trovi bene, qui non viene mai nessuno. Se hai bisogno di una stanza, dopo la curva c'è una locanda."

"Grazie ancora per il cappello," gli dico, ma esattamente come il suo gatto in un istante sparisce alla mia vista.

Ripresi a camminare e svoltando mi ritrovai in una via più stretta, ma illuminata dalle lanterne che cominciavano ad accendersi. Sotto il chiarore di una di queste, seduto su uno sgabello che a malapena avrebbe retto un bambino, un vecchio con in testa un cappello bianco intrecciava rose e margherite in delicatissime ghirlande.

A un centinaio di passi dal vecchio, un'insegna pencolava da un'asta di ferro: "Benvenuti al Buon ritiro". Fu lì, dopo non so quante ore di cammino, che finalmente mi schiantai su un letto.

I proprietari del Buon ritiro erano due vecchi che somigliavano agli Opas sotto la Collina, gentili e indiscreti allo stesso modo. E come gli Opas si somigliavano tra loro. Lui, Nesto, basso e col ventre aggettante, aveva la fronte sudata e, malgrado questo, indossava una camicia di manica troppo lunga per le sue brevi braccia e una giacca che restava male abbottonata. Lei, Adora, altrettanto piccola e tonda, aveva i capelli raccolti al vertice della testa, neri brillanti come non ne avevo mai visti, e anche lei sudava in una veste che sfiorava il pavimento. Le loro maniere erano affabili e mi diedero modo di rilassarmi. E visto che erano anche ciarlieri pensai di fare loro qualche domanda.

"Esiste da tanto questa locanda?"

"L'abbiamo aperta l'anno della prima inondazione, quella che dieci anni fa ha distrutto mezzo villaggio." Nesto parla velocemente e si porta di continuo una mano alla fronte per asciugarsela. "Ci eravamo trasferiti qui, Adora e io, richiamati da mio cugino Bernardo. Forse lo ha visto, ieri: è sempre qui fuori, seduto a fare ghirlande, non sa che fare da quando sono stati chiusi i cantieri edili. E insomma ci aveva detto che il villaggio era in crescita e si potevano fare buoni affari... Ma dopo la prima inondazione ce ne sono state altre. Il torrente è impazzito, gli affari si sono fermati."

"Non immaginavo... L'ultima volta che sono stata qui il villaggio era in espansione, ma parliamo di più di trent'anni fa."

"Un disastro, gentile signora. Costruzioni interrotte. Centri congressi mai inaugurati. Ristoranti, locali per il divertimento aperti e chiusi. Chi ha potuto vendere ha venduto. Chi è rimasto ha dovuto ricominciare in un altro modo. Il Buon ritiro ora è una locanda, ma prima era un albergo stellato."

"Quanti sono gli abitanti, oggi?" chiedo.

"Pochi, non più di cinquecento." Questa volta Adora, più svelta di Nesto nel prendere la parola, si sporge dal bancone della reception. "E lei, bella signora, perché è qui?"

"Adora, moglie sciocca, che domanda inopportuna!" Nesto le lancia uno sguardo didattico e lei ritorna composta dietro il bancone.

"Ho dei vecchi legami con il luogo," rispondo intenerita dal tentativo di quel donnino.

"Ah! Parenti?" Subito si riprende.

"Alla lontana." E li saluto.

Il mio primo effettivo giorno al villaggio era spuntato umido e lento come un anaconda artritico. Lasciai la zona in cui pernottavo, e che in larga parte avevo riconosciuto perché non era stata toccata dai rimaneggiamenti dell'espansione edilizia degli anni Novanta, e mi avviai verso la zona nuova che era il perno del complicato equilibrio su cui si fondava la vita residua del villaggio. Là, infatti, erano le attività commerciali rimaste aperte, e là era evidente la configurazione di un'architettura del disamore. Tutto il suolo che poteva essere edificato era stato consumato. Cemento dove prima c'erano alberi e ombra. Cemento dove prima era il letto del torrente. Il colpo d'occhio era deprimente. Il luogo che la mia memoria continua a definire villaggio era adesso un agglomerato di edifici rifatti e quelli nuovi, per gran parte incompleti, restavano piantati su bande di suolo invase da bitume e pece. Il volto del villaggio era stato sfigurato e poi lasciato al suo destino, e quel che ne restava era la rimozione di sé stesso. Gli abitanti vivevano rintanati nelle case e solo a sera si spostavano nei cortili, in cerca di segni dal cielo che annunciassero cambiamenti.

La casa in cui sono nata è in questa parte del villaggio. Mi avvicino, supero l'incrocio, mi aggiro come se volessi solo guardare. Raggiungo il civico 31. Torno indietro.

Ho a cuore un verso di Friedrich Hölderlin:

> Là dove cresce il pericolo cresce anche ciò che salva.

Dove nessuno poteva distinguere il giorno dalla notte, quello era il nuovo cimitero del villaggio. Crocicchio di separazioni. Antinomia tra il cielo promesso e questa terra estromessa.

Era stato spostato ben oltre il perimetro dell'insediamento, su una striscia di terra arsa a cui si arriva prendendo per un intrico di sentieri. Nesto diceva che la rimozione dall'alveo originario era stata decisa negli anni successivi alla grande espansione, dato che non era il caso di turbare le attese truppe di turisti con visioni tristi. La morte era stata così cancellata dalla vita cittadina, e con essa il morire: il Medioevo era finito da tempo e il presente stava per dilatarsi per tutti a dismisura. In gloria di questo tempo bisognava restare leggeri, vivaci, eventualmente fingere; l'importante, in ogni caso, era non offrire visioni tristi. Sicché chi aveva morti raccolse le amorevoli ossa e le portò di notte nel luogo convenuto.

“Se ha intenzione di andarci, stia attenta all’ingresso, dovrà scavalcare,” Adora mi aveva avvertito. “Troverà una barriera di blocchi di marmo, vasi rovesciati e manici di scopa.”

E infatti mi toccò superare lo sbarramento con un’acrobatica arrampicata. Entrando mi segnai con la croce, “ora sono in terrasanta, un saluto a tutti quanti”: era così che da bambina salutavo i morti al cimitero. Percorsi il vialetto centrale a passi contenuti, le lapidi recavano tutte una ghirlanda di fiori intrecciati. Non si sentiva un rumore, nemmeno il fruscio di un uccello, nemmeno il vento, ogni sibilo ogni mormorio taceva, e a me sembrava di essere alla soglia di un’esperienza anecoica. Presa da un silenzio così intenso, non feci subito caso all’ombra che mi si muoveva accanto. Quando poi mi si parò davanti, riconobbi il gatto strabico che avevo incontrato al mio arrivo al villaggio.

“Pergola!” esclamai, sinceramente sollevata dalla sua presenza.

Miagolò. Si stese. Si rialzò.

“Mi accompagni a cercare mio fratello?”

Il gatto mi guardò, mi piroettò intorno e come la prima volta si dileguò in un istante.

“Inaffidabile,” commentai a voce alta.

“Posso accompagnarti io.”

Mi voltai e c’era di nuovo lui, il bambino che aveva raccattato il mio cappello. Lo osservai meglio. Era fulvo, gli occhi assai verdi. Aveva una maglietta a strisce e portava uno zaino ben più grande della capacità delle sue spalle, ma non sembrava risentirne; a vederlo avrei detto sei anni, non di più.

"Elias, giusto?"

"E tu sei Cloe."

Così ci muovemmo. Dopo qualche passo mi prese la mano.

La sera in cui ero arrivata al villaggio, quando finalmente mi stesi sul letto vagheggiato da ore, riaccesi il telefono che si era spento in viaggio e comunicai a Madame che ero a destinazione. Era stata lei a organizzare il mio ritorno, lei e le sue struggenti storie di madri. Non appena le dissi che stavo considerando l'ipotesi di tornare al villaggio – le conversazioni con il professor T., la delicatezza delle sue parole, avevano aperto la strada a una riviviscenza misteriosa del passato – si portò una mano sul petto: "Metti le ali ai piè," disse, "questo viaggio ti porterà al vero oro." No, non era diminuita nel tempo la sua abilità d'alchimista di trasformare il piombo in oro. Ma più di ogni cosa, sperava che io mettessi fine al mio piccolo *galuth*, che in lei palpitava ancora come in tutto il suo popolo.

Quella sera, mentre mi abbandonavo al sonno, una traccia insidiosa e accidentata della mia vita precedente venne a disturbarmi:

"Come stai? Sono passati gli anni ma non ho smesso di pensarti e di viverti nella mia mente."

Seguiva una pletora di faccette istoriate di cuori, come un balbettio insolente. Baldassarre ricompariva nella mia vita con una testimonianza di emoticon che stilizzavano la sua faccia di colpo in amore, a sostegno di parole non più risuonanti. Perché non avevo cambiato numero di telefono?

In quel momento pensai ad Angela. Non ci sentivamo da tempo, ma io sapevo che nessuna porta si chiude mai tra noi. E anche se per lunghi periodi non ci sentiamo, rimane una connessione sottile, un dialogo mai finito, la forza di un legame che miracolosamente è sorto dalle macerie.

Prima che tornassi sulla Collina avevamo fatto un breve viaggio fino a Napoli. Due giorni nei dedali della città che avevo visto anni prima, e che ora stava cambiando volto per accogliere grandi masse di turisti e un nuovo modo d'abitare – *gentrification* è il termine in uso; due giorni nei vicoli, tra abitanti che tentavano di non lasciare le proprie strade e la propria vita resistendo alla meglio a un rifacimento che non li includeva, dato che le case in cui avevano sempre vissuto, ora più belle più comode e persino riscaldate, d'improvviso erano inaccessibili, anche per il nuovo costo che non potevano permettersi. Il tempo corre troppo veloce rispetto all'anima antica di un popolo, fu il commento di Angela alla vista di una liuteria trasformata in uno spaccio di spritz dal persuasivo nome Dai liuti ai flûte.

In uno di quei giorni visitammo la Certosa di San Martino e il suo museo. Tra le cose che non erano cambiate, la tradizione del presepe restava salda. Era tempo di Natale e tra le sculture che rappresentavano la Natività ce ne era una che era solo Maternità, ma in solitudine dopo il travaglio: donna distesa e raccolta nei suoi pensieri, sulle gambe un drappo rosso, sotto il capo un esile guanciale. Era la scultura della Vergine puerpera, risalente al Trecento. Nell'originario tema iconografico, probabilmente il Bambino era alle sue spalle riscaldato da bue e asino, Giuseppe addirittura estraneo alla scena... Una iconografia insolita, ispirata ai Vangeli apocrifi e presto rimossa. C'era insomma solo questa donna, eletta fra tutte le altre per essere la Madre, per essere madre da un giorno all'altro, senza averlo scelto. Dovevano esserci anche Zelomi e Salome, citate in passi poi disconosciuti. Donne a cui forse la giovane Miryam aveva confidato di aver provato dolore, di averne provato tanto al contrario di quanto si sarebbe detto in seguito; donne a cui chiede di non frugarle il ventre spossato, di fidarsi della sua parola, da donna a donna, e di lasciarla riposare, solo un istante poter riposare senza congetture sulla sua sorte. Solo riposare.

Tra le cose di cui posso esser grata alla vita c'è Angela, che da quel giorno al parco, dalla panchina su cui sedeva, tese la sua mano verso la mia e non la ritirò più. Lei che non poteva avere figli per un grammo mancante nel suo ventre, lei non accumulava rancore contro chi poteva e non voleva averne: aiutava i figli degli altri a venire al mondo, e aiutava anche quelli non voluti a tornarsene su una nuvola accogliente, in attesa che un nuovo inizio si predisponesse per loro da qualche altra parte.

Le mandai il messaggio di Baldassarre e attesi divertita la sua risposta. Angela era diversa da me, risoluta e piena di energia, riusciva a imporsi anche con il corpo, che non passava inosservato. L'ultimo uomo con cui era stata un giorno le piantò un coltello in un braccio perché si era rifiutata di preparare il pranzo. A fine giornata, dopo la medicazione che si era fatta da sola e visto che aveva comunque l'altro braccio, strinse l'uomo in un angolo e in ricordo di lei gli lasciò un occhio pesto e il setto nasale per sempre deviato.

"Narciso è tornato a riprendersi Eco," fu il suo atteso commento. "Spero che gli risponderai come segue: sparisci!"

Così risi e mi accomodai per un momento nel pensiero del ritorno di mio marito. La luna era spuntata in tutto il suo splendore, mi chiamava ferendomi gli occhi. Crogiolati pure, luna insidiosa, mentre sosto tra le macerie che tu mi rischiari. È bello che ti fermi a guardarmi, ma non somiglio a tutta quella rovina.

"Lo sai che i morti non ci dimenticano?"

"E tu cosa ne sai?"

"Io sono il guardiano del cimitero."

"Tu?"

"Ogni giorno vengo a portare le ghirlande nuove di Bernardo e tolgo le vecchie."

"Dovrebbero farlo i grandi, non tu."

"I grandi non ce la fanno, solo io ce la faccio."

"E che ti danno in cambio?"

"Da mangiare. Oggi Adora mi ha dato una fetta di torta di mele." E tira fuori dallo zaino un involto, schiacciato dalle ghirlande appassite ritirate dalle lapidi. "Vuoi?"

Ne prendo un pezzetto e mangiamo insieme, seduti sopra dei blocchi di cemento.

"Ho sbucciato io le mele, le ho tagliate a mezzaluna." E col dorso della mano si ripulisce le guance dallo zucchero a velo.

"Che bravo, non tutti ci riescono. Mio fratello ci riusciva, era preciso e non si feriva."

"Come si chiama?"

"Si chiamava Emanuel. Credo che sia sepolto qui, da qualche parte."

Sono un'ombra in questo posto tra cielo e terra dove la vita ha tregua. Forse ho chiuso gli occhi in quel momento, ho il ricordo di un sogno in cui cammino verso il mare che non vedo da anni, cammino ma non arrivo a destinazione, accelero il passo e il mare si allontana, il mio orribile scalpiccio non mi porta a niente, sono stanca, solo così stanca.

"Forse so dov'è." Elias mi strattona e mi toglie dal torpore. "Non avere paura," dice, "ci sono io."

Che immagine irreale avevo davanti a me: un bambino con la faccia rotonda come una palla – una palla munita di un vaporoso cespo di riccioli rossi – si era levato chissà quando, chissà come dalla sua culla oscura, e mi stava portando ad aprire la via.

"Andremo a salutarlo domani. Su, vieni, andiamo via." E gli prendo la mano. Guardo il viso di Elias, né immusonito né triste, immagino il mio, immusonito e triste. Pure, sono viva. Come una pietra, sono ancora viva.

Una massa di capelli fulvi e ricci. È di spalle quando svolto. Cammino nella notte e per qualche minuto, questa sera, la luna è stata rossa: dal terrazzo del Buon ritiro si poteva prenderla in un bicchiere e farsene un bitter. È ancora di spalle. Ha una maglietta a strisce e i piedi nudi. Procedo lentamente mentre s'inginocchia e poggia i palmi a terra. Forse ha sonno, me ne vado. Torno indietro, ora sembra un feto, sulla strada il liquido amniotico della sua saliva.

Respira ma il battito è lento. Come ti chiami?

Non risponde e non si muove. Poi d'un tratto apre gli occhi e cerca la mia mano, la trova e la stringe.

L'ambulanza arriva.

Gli infermieri sollevano da terra quel grumo. Mi dicono che è Elias con il volto di Beatrice, ma non somiglia a nessuno dei due.

Andrò in una *ziqqurat*,
leverò preghiere,
affiderò al cielo la decodifica del sembiante.

Angela mi raggiunge, dice: "Guarda bene, guarda: è tuo figlio."

Mi sveglio di scatto, cerco nel letto mio figlio mai nato, non c'è, non può esserci, qui c'è solo sudore e sangue mestruale.

È il mio terzo giorno al villaggio, e finalmente piove. Il cielo si è oscurato, ma senza intenti persecutori. Accendo il telefono, scorro i messaggi e di nuovo Baldassarre:

"Potrai mai perdonarmi? Non ho saputo capire le tue ferite, ma ero solo un uomo insicuro."

Ciò che in realtà servirebbe è una moratoria dei ritorni universalmente prescritta dopo un certo tempo. Quando si procede alla cieca nel buio, sotto la sconvolgente volta del cielo che, guarda caso, ha preso la forma e il colore del soffitto, nessun ritorno è mai in vista. Non appena ricominci a scorgere, anche solo da lontano, una fievole luce, ecco riapparire una casa d'infanzia e un vecchio amore. Oh, che giorni questi!

Adora sfaccenda con uno straccio per lucidare il bancone della reception che ormai è più che altro un comodo appoggio per lei. "Buongiorno, ha dormito bene?" dice con un bel sorriso a corredo. "La colazione oggi non è servita sul terrazzo ma all'interno, a causa della pioggia."

“Prendo solo un caffellatte.” E mi avvicino di più al suo viso. “Può dirmi qualcosa del piccolo Elias? Chi si occupa di lui?”

“Un po’ a turno nel villaggio,” risponde abbassando gli occhi, “qualcuno gli dà da mangiare, qualcuno gli accomoda i vestiti.”

“Non ha una casa? Dove dorme?”

“Vive nella casa che gli ha lasciato la nonna. Non ha più nessuno.”

“Tutto solo, così piccolo?”

“Che vuol farci, bella signora. Certi destini...”

“Già,” dico e la saluto.

Dovevo provare compassione per lei. Aveva messo al mondo dei figli e non li aveva amati. Esiste condanna peggiore?

La porta al civico 31 era socchiusa. Guardai indietro per vedere se qualcuno stava spiando, mi sentivo come una ladra nell'atto di varcare una soglia elettrificata. Spinsi la porta con il piede e entrai. Percorsi il corridoio mantenendo lievi i passi e inalai l'odore di verdura cotta che veniva dall'interno, zucchine avrei detto. Gli orci erano esattamente dov'erano allora.

Non sei mia figlia, non mi somigli per niente – lo dicevi spesso, ricordi? –, in ospedale avranno scambiato i neonati e a me è capitata la brutta figlia di qualcun altro.

E quando spezzasti le matite che Manfredi mi aveva portato in regalo: ricordi che ti era insopportabile che avesse pensato a me e non a te?

> Un giorno la regina domandò allo specchio: "Specchio, specchio delle mie brame, chi è la donna più bella del reame?" E lo specchio rispose: "Grande è la tua beltà, o mia regina, ma ormai la piccola Biancaneve lo è mille volte di più."

Ricordi quando Emanuel e io correvamo a metterci sotto il tavolo di marmo per sfuggire alle tue mani, mani di madre che grida vi ammazzo? E il volto di Emanuel, intatto e quasi sorridente, mentre il resto del corpo si era spezzato al suolo, lo ricordi?

Confusa come sono, non mi accorgo di urtare contro uno scacciapensieri, le canne di bambù si mettono a fremere tutte insieme e fanno il suono di campana delle vacche al pascolo.

"Clotilde, figlia mia!"

Una molestia puntiforme e diffusa mi viene incontro in un corpo di donna, osando allargare le braccia. Una pullulante massa di carcasse si fa avanti, una catena di eventi nella casa dei morti. Mi sottraggo ovviamente alla stretta e resto per un istante a guardarla. I capelli che ricordavo biondi sono ora bianchi, lunghi ma ben tenuti. Il viso ha rughe quasi inevidenti, io ne ho di più marcate, e non è magra avvizzita come mi aspettavo, segno che non ha sofferto in questi anni.

"Ciao Beatrice," dico con distacco, sono impassibile.

"Ti stavo aspettando."

"Ah sì?"

"Sì, sì." E si mette a battere le mani.

"È stata Madame a dirtelo?"

"Hai una voce così melodiosa, figlia mia."

"Smettila di dire figlia mia."

"Ma tu sei mia figlia."

"Ripeto: è stata Madame?"

"È stato Elias, il bambino che porta i fiori al cimitero."

"E cosa c'entri tu con lui?"

"Sono io che gli do i soldi per comprare le ghirlande dal

vecchio Bernardo. In un mese, a rotazione, riusciamo a coprire tutte le lapidi."

"Un tempo odiavi i fiori..."

Beatrice abbassa lo sguardo, poi piega la testa di lato.

"Le sepolture senza fiori sono insostenibili," dice tornando a guardarmi. "E poi non voglio che gli altri morti provino invidia per Emanuel, per la sua tomba ornata. Potrebbero maltrattarlo, strattonarlo."

"Ma che stai dicendo?"

"Clotilde, sei tutta bagnata. Se non ti asciughi ti prenderai una infreddatura, vieni di là."

"Sono qui solo per farti una domanda."

"Non vuoi mangiare qualcosa?"

"Solo una domanda," ho detto.

"Va bene, una domanda, ma ti prego andiamo in cucina."

La pioggia era cessata. Nella casa era piombato un alone di calma che non le era congeniale, una calma da museo, se posso dire, di cose rimaste ferme nelle teche, senza che il tempo abbia potuto stendervi sopra la polvere, il sudiciume di mani che le toccano, senza la patina che le rende care ai cuori. Anche la cucina era rimasta alla sua maniera, eternamente priva di calore. Di cosa potevo fidarmi tra quelle mura? Lasciai Beatrice al tavolo di marmo e tornai nel corridoio, agli orci. Ficcai la testa nel primo e riconobbi il pungente odore di terracotta smaltata; poi nel secondo, che era a destra della porta d'ingresso, la trovai. La fotografia di Mary era coperta di polvere e ingiallita agli angoli, forse anche sbiadita, l'ultima cosa rimasta viva nella casa. Guardai gli occhi della mia amica e sì, erano gli stessi che riuscivano a mantenermi viva nel tempo in cui Beatrice certamente mi voleva morta. Misi la foto in tasca e tornai in cucina.

"Clotilde, figlia mia, sei sicura di non voler mangiare? Sei tanto magra, dovresti mangiare almeno cinque volte al giorno. Il povero Elias mangia solo una volta al giorno, alla sua età dovrebbe mangiare almeno dieci volte al giorno, non credi tesoro?"

"E perché non gli date qualche pasto in più? È tutto così estenuato in questo villaggio, estenuata pure la compassione per un povero bambino."

"Ma Clotilde, cosa vuoi che ti dica. Elias prende solo una porzione di cibo, dice che è quanto gli è dovuto per il lavoro al cimitero."

Sfioro il tavolo intorno al quale siamo sedute, lo sfioro con due dita come sfioravo con feroce precisione il petto di pietra di Beatrice. Il marmo mi gela all'istante le dita, oppure sono io a tal punto di ghiaccio da raggelare il piano?

"Comunque non sono qui per chiacchierare," riprendo. "Ho una domanda da farti, poi me ne andrò." Mentre parlo tolgo la mano dal tavolo e la riporto nella tasca per sentire la foto di Mary.

Se c'è un elefante nella stanza, di solito fingiamo che non ci sia, evitiamo di guardarlo, facciamo altro, mentre un'intera armata di pretesti ci distrarrà dal voltarci. Ma un elefante nella stanza è una entità immensa che non potrà essere a lungo ignorata. C'è un elefante in questa stanza e io lo vedo.

"Che c'entravamo noi?" Lo dico così, come se chiedessi cosa c'è da mangiare e bere... Certe domande sono come un atto di mutilazione: mentre le formuli sai che un pezzo di te se ne andrà per sempre e allora raddolcisci il tono per accompagnarti verso l'ennesima scissione. A cosa sto per rinunciare stavolta? A un dito, a un dente, a un orecchio per limitare le parole in entrata?

Mi guarda come se non avesse capito. Si rannicchia nelle spalle, è una scena penosa.

"A cosa ti riferisci?" Finge. Sono sicura che sta eseguendo l'ennesima scena del suo multiforme copione. Ha dalla sua il vantaggio della vulnerabilità.

"Sai bene cosa intendo: che c'entravamo io e Emanuel con le tue disgrazie, con le sofferenze che lamentavi?"

Sono calme, sono inoffensive, queste mie parole, non schiaffeggiano come avrei voluto, non schiumano di rabbia. Forse servono soltanto a dare una base di senso alla mia sofferenza.

"Ricordo poco di quegli anni," dice mettendosi una mano sulla guancia, come fosse ancora e per sempre alla soglia di un mal di denti. "Posso dirti che amavo così tanto vostro padre da essere disposta a tutto." E mi mostra i polsi, su cui sono rimasti i segni dei suoi sezionamenti.

"Disposta anche ad annichilire i figli?"

"Quando capii che se ne stava andando, una nebbia di dolore mi avvolse, un dolore nella mente, non so come spiegartelo. Dicevo parole orribili, ma erano parole disperate, solo parole."

"Non erano solo parole per Emanuel."

"Tuo fratello soffriva di una forma grave di depressione infantile. Io ne ignoravo le conseguenze, ero distratta, forse superficiale, lo ammetto. Ma tuo padre aveva capito, anche per mestiere, e voleva comunque andarsene."

"Ti stai giustificando?"

"Oh no, Clotilde, non mi sto giustificando, né voglio assolvermi, anche se sono stata scagionata subito. Io non volevo figli, questa è la verità. Vi misi al mondo per volontà degli altri, di Manfredi e della mia famiglia: per loro una donna non poteva scegliere di non averne. La zia Tilde, che non ha mai avuto figli suoi, iniziò a tormentarmi sulle gravidanze il giorno stesso del matrimonio. Ma io non ero nata per fare la madre. Potessi tornare indietro, ma non si può. Ho fatto comunque del mio meglio. Vi accudivo, vi curavo in modo maniacale per evitare che vi ammalaste. Non riuscivo a fare di più."

Pare che nel 1954 una donna dell'Alabama fu colpita da un meteorite che le sfondò il tetto di casa, ma non morì, se la cavò con un grosso livido. Come per effetto di una trave caduta dall'alto, mi ritrovo distesa, schiacciata nella sala operatoria: avevo rinunciato al mio bambino credendo di uccidere Beatrice che stava facendosi largo dentro di me, e ora scoprivo che l'avevo glorificata in me, facendo quel che lei avrebbe fatto. Dovevo uscire da quella casa, allontanarmi al più presto dalla visione di quella donna. Senza salutare mi lanciai nel corridoio.

"Clotilde, torna qui, Clotilde, Clotilde… Anche i colpevoli provano dolore, sai? È un dolore che fa male allo stesso modo…"

Continuava a blaterare cose, ma non mi fermai. Appena fuori, respirai. Non pioveva, ma il cielo aveva l'aspetto avvilente delle giornate che cominciano male e procedono anche peggio. In una scena del film *Interstellar*, Joseph Cooper dice che alcuni dei migliori navigatori in solitaria non sanno nuotare, e se cadono in mare sono finiti. In quel momento mi sentivo proprio così, come uno di quei navigatori sul punto di cadere in acqua: non avevo che la mia esile barca e a quella dovevo aggrapparmi.

Presi il telefono dalla borsa, avevo intenzione di dire a Madame che la mia cara madre, ovvero colei verso cui mi aveva ciecamente spinto, stava benissimo, per niente oppressa dal senso di colpa. Mi distolse l'arrivo di un messaggio:

"Piccola, ti sei già dimenticata di me? Non sei più mia? Io sono sempre tuo, ho capito che sono mio se sono tuo. La mia anima dimora in te. Tuo, Baldassarre."

Il penultimo giorno al villaggio decisi di tornare al cimitero, insieme a Elias.

Scorremmo le lapidi e, semiemersa tra le ghirlande e i vasi riempiti di sabbia e ciottoli dorati che Beatrice si procurava in qualche modo, c'era la sepoltura di Emanuel.

"Quando risuoneranno le trombe e la terra svelerà il suo grembo," diceva il Generale con intensa partecipazione, "quando il Giudizio risuonerà nelle trombe ultime e il pianeta millenario sarà cancellato, i colori e le linee del passato tracceranno nella tenebra un volto e sarà il volto inalterato e in pace di un bambino, a cui andrà tutto il Paradiso."

Mentre Elias ritira le ghirlande secche e sistema le nuove, io cerco un punto qualsiasi per appoggiarmi. Le gambe d'improvviso non mi sostengono più. Trovo un panchetto e mi siedo, tenendo le mani in grembo, incapaci di giungersi e pregare.

Cosa ho qui davanti? Si direbbe la morte, incomprensibile e scaltra. E che nome dare alla sensazione che m'invade? Il futuro finito nella più orribile delle paci è ora qui davanti. Dentro una striscia di terra arsa, mio fratello si disfa in polvere, senza chiasso. Vorrei piangere, ma non ci riesco.

Poi mi tiro su e gli parlo:

"Qui rimetto la mia colpa, amato Emanuel. Non ho potuto salvarti e ti sono sopravvissuta. Resta questa mia vita che chiede di essere vissuta, senza più accumulare rancori contro di me."

In tasca ho un sassolino bianco e ben levigato che Madame mi ha affidato chiedendomi di lasciarlo sulla tomba di mio fratello. Lo bacio e lo poso nel cerchio perfetto della ghirlanda.

Elias si avvicina.

"Per oggi ho finito," dice, "ma posso restare con te se vuoi."

Ha occhi grandi, smisuratamente gentili; annuisco e lui siede a terra.

"Hai un desiderio, Elias, vorresti qualcosa più di tutto?"

"Le scarpe per l'inverno," dice. "Quando gela non riesco a venire al cimitero, queste pianelle mi fanno scivolare."

"Hai solo queste?"

Si guarda i piedi senza dire niente, quindi se li copre con le mani come per un senso di vergogna.

"Al villaggio dicono che sono figlio di nessuno." La sua voce ora è un sussurro, mi avvicino un po' di più a lui.

"Perché lo dicono?"

"Perché la mamma mi ha lasciato in casa della nonna e se ne è andata lontano. Papà nessuno lo ha mai visto."

"E tu cosa pensi?"

"Penso che non è vero che sono figlio di nessuno. Mio padre non viene mai qui perché vive in cielo. Sono figlio di Dio, sai."

Lo aveva detto così, come se fosse zampillato fuori di colpo. Figlio di Dio, semplicemente. E le parole sfumarono nell'aria con la subitaneità di una bolla di sapone. Elias aveva risolto l'ordinaria negazione della sua vita con un prodigioso capovolgimento della realtà, e lo aveva fatto da solo, con la stessa dignitosa risolutezza con cui si procurava il pasto quotidiano come compenso per le sue premure verso i morti.

Una cinciallegra dal petto giallo brillante volteggia ora sulle nostre teste, ha viaggiato fin qui attraverso segrete correnti: hai lasciato il nido, che notizie porti?

Ciò che non mi era riuscito fino ad allora mi riuscì in quel momento. Delle grandi, calde, dolci lacrime vennero giù in maniera incontrollata, e mi inabissai. Piangevo, tutto d'un tratto piangevo per Elias, piccola creatura che aveva trovato il modo di non farsi demolire dalla sorte. Piangevo e finalmente rinunciavo al diritto di non commuovermi per le sciagure degli altri, data l'enormità delle mie. E ancora piangevo, incessantemente piangevo e pian piano si allentava il serraglio che mi ero stretta al cuore.

"Non piangere," disse, "anche se non ho le scarpe per l'inverno ho un pasto sicuro al giorno, mi spetta per il lavoro che faccio qui."

Mi passai le mani sotto gli occhi e nei capelli, tanto per ravvivarli, e se non altro provai a ricompormi.

"Una persona che mi è molto cara sostiene che i bambini non dovrebbero mai lavorare," dissi, "e io sono d'accordo con lui."

"È il tuo fidanzato?"

"No, è il Generale. Quando avevo poco più della tua età mi accolse nella sua grande casa sulla Collina. In un certo senso ero anche io una figlia di Dio."

In quel momento Elias mi indica la cinciallegra che quasi ci sfiora, poi rivolge gli occhi su di me. Gli faccio segno di avvicinarsi. Curioso il suo modo di levarsi da terra facendo pressione solo sugli indici delle mani, come se avesse dovuto imparare presto a fare molto con poco. Lo prendo in braccio, lui sembra sul punto di parlare.

"Vuoi dirmi qualcosa?" gli chiedo.

"Ieri pioveva, ma oggi c'è bel tempo," dice.

"Effettivamente è bel tempo," dico.

All'alba del giorno seguente ero pronta a ripartire. Salutai Nesto e Adora in modo amichevole, erano stati dei buoni locandieri. Prima di prendere per la strada che portava all'uscita dal villaggio passai al civico 31. La porta ancora socchiusa.

Entrai facendo attenzione alle canne dello scacciapensieri, non volevo svegliare Beatrice, solo dare un'ultima occhiata e riconsegnare agli orci l'immagine di Mary, che continuasse così a mantenere un soffio di vita nella coltre nera della casa.

In cucina osservai il tavolo: non avevo considerato quanto fosse greve un pezzo di marmo, per giunta quadrato, in un ambiente come la cucina che dovrebbe essere, almeno immagino, accogliente. Lo acquistarono negli anni in cui arredare la casa diventò il perno tra loro. Parlavano di design, di gusto anticipato sui tempi. Di tanto in tanto partivano, lasciandoci a questo o a quel nonno, e tornavano recando in trionfo un oggetto inutile, ma fieramente anticipatore. Uno di questi lo avevo davanti, lo spremiagrumi controintuitivo che era rimasto sulla mensola, un arnese d'acciaio somigliante a un ragno a tre zampe, lunghe di femore, mai usato. Andavo indietro nella memoria e ritrovavo tracce di giorni che non erano stati orribili. Giorni in cui non si accapigliavano, giorni in cui io e mio fratello riuscivamo perfino a non essere ingombri. Dicono che la nostra mente registri le esperienze negative più che le positive, e che ciò sia dovuto alle necessità di adattamento dell'uomo delle origini che aveva bisogno di ricordare quando e dove era stato attaccato, per salvarsi la vita. Dicono molte cose e molte, in seguito, le smentiscono.

In quel momento avvertii l'impulso di urinare e andai in bagno. Mentre mi lavavo le mani, notai sul piano del lavandino una tazza ricolma d'acqua torbida; sul fondo era precipitata l'arcata di una dentiera. Gettai l'acqua e presi quei finti denti. Nello spazio tra uno e l'altro era rimasto del cibo. Beatrice, a quanto ricordavo, aveva avuto denti perfetti nella forma e per il colore, né mai tra i lamenti ne sentivamo per nevralgie di quel tipo. Quando aveva perduto i suoi?

Feci scorrere l'acqua dal rubinetto e iniziai a sfregare la protesi. Su ogni dente, in ogni interstizio, passavo il dentifricio e poi l'acqua, le mie dita lavoravano meglio delle setole di uno spazzolino, dentifricio e poi acqua, spalmavo la pasta e ripulivo. Stavo lavando i denti di mia madre.

Di nuovo nel corridoio, agito le canne dello scacciapensieri. Tendo l'orecchio ai suoni che vengono dall'interno, riesco a individuare e a distinguere i movimenti, Beatrice che si lancia dal letto e esce dalla stanza, Beatrice che corre ma si ferma e torna indietro, in un istante è nel bagno e poi fuori, quindi accorre verso di me, i capelli scarmigliati sono un manto furibondo e bianco più della veste da notte che l'avvolge fino alle caviglie.

"Parto," le dico. "Sono passata a salutarti."

"Parti," ripete.

"Cosa farai d'ora in poi?" Le guardo la bocca, è riuscita in un momento a mettersi i denti.

"Oh, quello che ho sempre fatto," dice. "Mi prenderò cura della sepoltura di tuo fratello, ho visto su Internet dei bellissimi canopi con motivi egiziani, sembrano autentici."

"Sapevi che da bambina chiedevo ai morti di tenermi un po' di compagnia?" Prendo dalla tasca la foto di Mary e gliela mostro. "Questa donna, vedi, è stata a lungo la mia unica amica. Non ho mai saputo chi fosse, non era importante, ma i suoi occhi mi confortavano, riuscivano a contenermi come in un abbraccio."

Beatrice prende la foto dalle mie mani e la osserva con attenzione.

"Mi somiglia, vero?" E sorride.

"Tienila tu," le dico. "Ti farà compagnia."

"Clotilde, ascolta."

"Devo andare, è tardi."

"Posso chiederti una cosa?"

"Di che si tratta?"

"Ecco, ti sembrerò sciocca, ma vorrei che mi chiamassi mamma. Io chiuderò gli occhi e sarà come sentire te e tuo fratello insieme. Puoi esaudirmi?"

"È tardi, ti ho detto che devo andare."

"Solo una volta."

A quanto pare, per effetto di una deriva genetica, e anche in conseguenza del bracconaggio, dal 1992 in avanti un terzo degli elefanti femmina è nato senza zanne, necessarie per cercare l'acqua nella terra e le fibre nella corteccia degli alberi. Temo che il mio elefante nella stanza ne sia privo allo stesso modo.

"Ti saluto, mamma."

"Grazie, figlia mia."

Poco dopo ero sulla pista di terra battuta, mi ero arrogata di entrare e uscire dal villaggio senza essere vista, prendendo per la via più dimessa che portava dove avevo lasciato la macchina. Erano quasi le sette. Accesi il telefono e subito mi raggiunse l'ennesimo messaggio che Baldassarre aveva inviato durante la notte.

"La nostra intesa era un vaso d'elezione, la nostra era una luminosa unione, una corrispondenza che trascende le piccole scabrosità terrene che ci hanno distratto dall'etereo Olimpo che compete alle nostre anime. Torna a casa, nulla più stavolta può trattenerci dal realizzare il nostro idillio."

C'era del verde luminoso all'orizzonte, mi fermai a guardare da quel punto gli ultimi esemplari di leccio sopravvissuti all'espansione edilizia; una volta qui si coltivava il sorgo, ci facevano anche le scope, ora invece, ora più niente.

Considerai che i messaggi di Baldassarre erano diventati via via più ampollosi: parole che risentivano della finzione in cui erano calate. Non aveva trovato di meglio, perciò era ricomparso? Oppure si era effettivamente pentito di avermi disdetto per un'ombra?

Ripresi a camminare a passo svelto, il peso dello zaino non

mi impediva di farlo: la vecchia infiammazione alla spalla si stava riassorbendo.

"Sto tornando," composi velocemente sulla tastiera del telefono. Post scriptum: "Arriverò con una sorpresa."

Elias mi raggiunse a metà della strada e si accostò al mio fianco, anche lui col suo zaino in spalla.

"Dov'è Pergola?" gli chiesi. "Non viene a salutare?"

"È al cimitero," disse. "Ora è lui il guardiano."

Il villaggio a quell'ora era toccato da una luce che si allargava a falcate, una luce premoderna e acquietante. Almeno questa parte più nascosta era stata risparmiata dall'accecamento degli scellerati che lo avevano stravolto, grossolanamente costruendo per sé, del tutto incuranti di quelli che sarebbero venuti dopo. L'asprezza di una visione tanto corta, la negligenza, l'indifferenza avevano portato a cosa? A un complesso di edifici sprovvisti di bellezza e riboccanti di sprezzo per l'ambiente intorno. Muoiono anche così i paesi, soffocati da calcinacci privi d'avvenire, e non ne resterà che il nome, se sopravvivrà in qualche mappa.

Il vento si era calmato da un giorno all'altro, come se incaricato di consegnare messaggi avesse finito il suo lavoro e ora riposasse. Guardai lassù nel cielo, il lucore di una piccola nuvola di passaggio mi fece pensare a una danza di atomi, a un turbine di forze che collaborano tra loro. Pare infatti che una nuvola non sia leggera come si crede: centinaia di elefanti (altri elefanti), tutti insieme, le equivalgono nel peso. Come riesce a non cadere? Il carico si disperde in trilioni di minuscole gocce d'acqua distribuite in un miliardo di metri cubi di volume.

"Quale sorpresa ci porterai? Spero non sia un nuovo marito!"

Il messaggio di Jerus mi fece ridere e anche Elias rise con me, e così ridendo, fianco a fianco e zaini in spalla, raggiungemmo la macchina. Erano le sette del mattino. Un mattino così limpido.

… poi Eros, il più bello fra gli dèi immortali, che rompe le membra, e di tutti gli dèi e di tutti gli uomini doma nel petto il cuore e il saggio consiglio.

Se guardo indietro, rivedo il relitto di un veliero incagliato nei fondali. A lungo è stato la mia dimora, adorna solo del silenzio che si insinuò tra questa me e le altre, come una morbida presenza cortese. Un bel giorno, mi distaccai da me. Scoprii che, correndo qua e là, era in fondo semplice mandare avanti il corpo, guardarlo ancheggiare nelle faccende che mi riguardavano e restarmene ad aspettare nel relitto.

In principio davo un'occhiata al corpicino quando rientrava, valutavo l'entità delle ecchimosi, poi smisi di fare anche questo. Dislocata. Separata. Sapevo di avere una faglia pericolosa da qualche parte dentro di me e dovevo tenermene alla larga. Ci riuscii fino a un certo punto. Quando poi il silenzio cominciò a farsi rivelazione, mi resi conto di avere una tale confidenza con la faglia che tanto valeva percorrerla, invece di continuare a maledirla. Ne ignoravo la profondità. E quante volte ho creduto di affogare: salvami, Dio dei relitti, salvami. Ancora oggi, in certe giornate che a fatica arrivano a sera, mi capita di pensare che sarebbe stato meglio non scavare, lasciare le cose insabbiate… Ma è solo un pensiero e ora so dove collocarlo; me lo raffiguro come una statuetta, un souvenir dall'antichità: se si fa avanti, le dico di tornarsene là dove è bene che stia. Spesso funziona.

Sono venuta a esplorare il relitto.
Le parole sono intenzioni.
Le parole sono mappe.
Sono venuta a vedere il danno compiuto
e i tesori che persistono.

Appunto questi versi nel silenzio e nella calma. Continuo ad appuntarli sui fogli ingialliti del quaderno vintage acquistato tempo fa su Internet. "Condizioni buone, scritte solo le prime quattro pagine, presenti alcuni segni del tempo": veniva descritto proprio così, vintage per non dire vecchio, parola che ci spaventa come se nascondesse strati e strati di tempi duri. Per me invece è stato di conforto aprire il quaderno e trovare tracce di una vecchia vita, iniziata e finita chissà quando senza che il quaderno abbia smesso di vivere. Era il quaderno giusto per le mie cronache dell'ombra, fin qui fittamente scritte dalla quinta pagina in poi. Se un giorno dovesse averne bisogno, Elias potrebbe trovare tra queste pagine non dico una risposta, dato che la risposta non è mai dove speriamo di trovarla, ma un panno caldo là dove fa male.

Le parole di cui l'ho riempito vengono da lontano, dai luoghi in cui ho lasciato un nome autoassegnato, come sbandita dalla terra di nascita. Forse ho creduto di vedere… Ma non era ciò che vedevo. Forse accade a tutti quelli cui è toccata una solitudine troppa dolorosa: la mente elabora, si presta a una successione edipica delle macchie, costruisce zone oscure intorno alle ombre, davanti alle quali non è più possibile stabilire cosa sia vero e cosa no.

Come nel mito di Castore e Polluce – figli di Dio anche loro –, ho diviso con mio fratello i giorni dell'oscurità per un lungo tratto della mia esistenza, sostituendomi a lui tra i morti quando si faceva insostenibile il peso della vita continuata solo per me. Mi sembra di aver guardato in faccia tutto il dolore del mondo. Ma bisogna prendersi cura dei morti, amorevolmente, non negarsi la vita.

Abbiamo ufficialmente riaperto la Casa dei timidi, dopo un tempo per le licenze che è parso infinito. Sono arrivati i primi bambini, Elias ha mostrato loro le stanze, diceva "Sentitevi a casa" e "Questa è casa vostra" ed è stato commovente...

Siamo stati autorizzati a una breve cerimonia d'inaugurazione all'aperto. Sono venuti il sindaco, il prete, il vice questore, due psicologhe e perfino gli Opas, tutti con un gran bisogno di credere in un nuovo inizio, uno qualsiasi.

"Ce ne avete messo di tempo!" ha gracidato la vecchia Opas. "Fortuna che il Generale ha la pellaccia dura, altrimenti non avrebbe visto questo giorno."

Il Generale ci guardava dall'interno della casa. Era raggiante, e mi sembra che poco alla volta stia riacquisendo vigore, si tiene in piedi da solo e non ha più tremori evidenti. Madame ha preparato il pane intrecciato per tutti. Se esistesse il tempo, dovrei dire che dal mio ritorno è passato qualche anno. Ma seguendo l'orma del professor T. ho smesso di aggiornare i calendari. Quel che conta ora, per viltà o coraggio, è non umiliare più l'anima mia con l'inchiesta tragica sulle tenebre degli altri. E mentre lo scrivo il mio corpo è calmo, non si agita.

Giorni fa ho letto una notizia che per un bel po' non ho saputo come interpretare. Eravamo in cucina, Madame preparava la colazione, io seduta in attesa del caffè, Jerus intento alla lettura dei giornali online: li passa in rassegna tutti perché non gli sfugga nulla, come faceva a suo tempo il Generale.

"Madame," dice a un tratto, "senti cosa è accaduto nella tua città."

> Il cadavere mummificato di un uomo di 75 anni è stato trovato domenica nella sua casa di Venezia. Era morto da almeno 7 anni, senza che nessuno se ne fosse accorto. La scoperta è avvenuta grazie a un ladro che si è intrufolato nell'appartamento in calle del Cristo, in Santa Marta, ma poi, visto il cadavere, è scappato lasciando socchiusa la porta, che ha insospettito i vicini. Il medico legale ha accertato che la morte risale al 2014, quando il professor Tiziano Timoteo, questo il suo nome, aveva 68 anni.

Mi alzo di scatto e chiedo a Jerus di lasciarmi leggere la notizia. Leggo e rileggo, non riesco a credere a nessuna delle parole che rimbalzano dallo schermo, si burlano di me, come disfarmene? Cerco ulteriori conferme in rete. Spingo con forza sui tasti del computer.

"Ma che succede?" dice Jerus.

Madame si avvicina e mi accarezza la nuca: "Era il professore che sapeva andar in *serca de note*?"

"Temo di sì," le rispondo, e mi sembra che la fitta di dolore che ora avverto sia più intensa di quanto abbia fin qui sperimentato, oltre ogni misura pensabile.

Sicché è morto, e mentre lo dico mi accorgo di dirlo così male che è quasi un'ingiuria. Dalle ricostruzioni dei giornali scopro che l'ultimo giorno di vita il professor T., ormai in pensione, dopo aver prelevato una piccola somma di denaro (lasciata poi sulla scrivania, con lo scontrino), era tornato a casa e non ne era più uscito. Sono dovuti passare sette anni prima che qualcuno lo trovasse, seduto nel suo studio, preservato dai venti lagunari e dall'aria salmastra. Nessuno si era accorto della sua assenza, nessuno è andato a bussare alla sua porta. Solo Venezia e la laguna lo hanno stretto in un ultimo abbraccio, trattenendone la persistenza terrena prima che tornasse polvere, come è stato prescritto.

Segno dei tempi, dicono. Tempi in cui si è escluso più che accogliere… Eppure, se considerassimo che accogliere cela indizi di raccolti futuri, cha accogliendo raccoglieremmo come da un orto i semi germogliati… Appartati nelle nostre case, protetti da tautologie lessicali, ci è sfuggita la vita e la morte di chi era oltre il nostro confine di senso, sempre più circoscritto a un appartamento, come il nostro cuore. Si muore ancora, ma lo avevamo dimenticato o non volevamo vederlo, tanto era delimitata la nostra esperienza. Ci è toccato riscoprirlo quando un minuscolo invasore ha costretto il mondo intero a contare i morti, tenendo i vivi a distanza tra loro, chiusi nelle proprie case, stavolta non per scelta. Abbiamo allora scoperto di avere bisogno dell'altro che ci è stato negato per un tempo non trascurabile. Il nostro cuore ha avuto un sussulto.

Forse questo cuore si è irrobustito. Forse ci illudiamo.

Tutto si sa la morte dissigilla. Il professor T. è morto come è vissuto: non visto. Aveva una macchia di infelicità che aveva dovuto nascondere in casa, assieme al suo corpo, lui che sapeva nominare l'Assenza, lui che parlava di ombre e diceva il vero.

C'è però una progressione che non riesco a riportare a coerenza, e se pure mi fossero concesse tutte le parole ugualmente risulterebbero povere: se il professor T. è morto da così tanto tempo, le ore trascorse a discorrere sulla Collina, la corteccia del platano che restava impigliata al suo impermeabile come si spiegano? E anche ora non lo intuisco meno presente che a Venezia: impercettibilmente nei miei pensieri, in modo più intimo che mai. Questa sua presenza mi è stata di gran conforto, e sebbene parlasse di tenebre ha agito come una torcia incandescente sui miei stati anteriori. Devo a lui se ho smesso di sparare ai fantasmi. Ho finalmente capito che a ricevere colpi violenti là dove più soffrivo, loro mi richiamavano ad allontanarmi. Ammettiamolo, se può aiutarci, senza la frusta del giudizio: siamo tutti piccoli e bisognosi, creature con niente in mano. Siamo ciò che di noi ritroviamo, fantasmi compresi.

Difficile riconoscere la testa di una lumaca a riposo, diceva il professor T., e a questo proposito raccontava dell'ibernazione controllata a cui le lumache ricorrono quando il clima diventa ostile: si rifugiano nel guscio, diceva, e dormono, dormono per anni.

Quando mi raggiunse sulla Collina, forse aveva lasciato il suo corpo al sicuro nel guscio, chi può provare che non sia andata così? Lui, un'ombra tra gli uomini, ha bussato alla porta della mia solitudine e gli è stato aperto.

La vicenda del professor T. porta un nome, ma non lo pronuncio: è una vicenda che non può concludersi nel modo più ortodosso, con l'immagine di un'apparizione venuta a salutare e fissata ora nella quiete di una giacitura. C'è altro e io sento di poter andare più in là. Nonostante la congestione di motivi che si sovrappongono, c'è una coerenza logica ed è tutta nel fervore della sua oscurità luminosa, nel trattare l'ombra come cosa salda. Se proseguissi con la caliginosa inchiesta su ciò che può ragionevolmente darsi alla vista e all'intelletto, la mia curiosità risulterebbe persino arrogante. Certi segreti o altezze devono restare tali. Ci sono cose che nessuno saprà spiegare, nessuno chiarirà certi eventi. Laudato si', Nessuno.

Sul Monte

La spedizione dei bambini

Si sono tenuti per mano nei punti sdrucciolevoli del percorso, hanno bastoni di betulla, sono stati attenti a non calpestare le lumache a riposo.

Dopo tre giorni di marcia, la spedizione è giunta a destinazione. Si sono tolti le scarpe e seduti a terra si strofinano i piedi, alleati preziosi che hanno tessuto la grande opera del camminare assieme.

"Sappiamo che sei dentro. Vogliamo solo farti una domanda. Puoi ascoltarci?" dicono in coro.

"Ascoltaci, per favore, vieni fuori. Poi ce ne andremo."

I più grandi si alternano davanti all'imbocco della grotta. Sanno che è dentro, lo sanno come se naturalmente percepissero presenze e assenze.

Una bambina si spinge oltre la soglia, ne esce poco dopo.

"È rannicchiato su una coperta di lana," riferisce. "Ha solo un filo di voce."

"Digli che abbiamo il miele," le dicono, "è per i più piccoli ma possiamo dargliene un cucchiaio."

La bambina ritorna nell'antro, mentre tutti gli altri si sollevano da terra e si dispongono in attesa, sono tante piccole teste fulve, bionde, nere che guardano verso quell'unica direzione.

"Buone notizie!" esclama all'uscita. "Manda a dire che ci ascolterà e accetta volentieri il nostro miele."

"Evviva!" gridano in coro tutti gli altri.

"Evviva!"

È in quel momento che il tempo interrompe la sua processione. D'improvviso si trovano avvolti nella nebbia, l'orizzonte non esiste più. Poi la nebbia si dirada e resta la scintillante trama dei bambini che gli si sono stretti intorno, lui seduto in mezzo a loro.

La domanda che ti faremo non è quella che ti aspetti. Dovremmo chiederti cosa c'entriamo noi con le sofferenze del mondo, ma quale risposta potresti mai darci? Dopo tanta strada abbiamo deciso di cambiare la domanda.

A volte la vita è dura per noi, ma ce la faremo. Come uccellini appena usciti dal nido, siamo gli ultimi arrivati, ma siamo anche i più lontani dal giorno in cui il mondo hai creato: siamo i più vecchi, i padri dei nostri padri, e per loro ti chiediamo salvezza. È una cosa che conosci, anche tuo figlio soffriva ma continuava a proteggerti, ti chiamava "il padre mio" e mostrava le tue molte opere buone.

Puoi comprendere se ti chiediamo di salvare i padri nostri dal cuore che si rimpicciolisce e chiude. Sono soli e spaventati. Hanno paura di morire, è la loro paura più grande. Li osserviamo mentre difendono la loro vita, è giusto, ma non la riconoscono nella foglia d'albero, nella rondine in volo, non la vedono nel vicino di casa, nel povero che bussa, li disturba chi piange in silenzio.

Risana i loro occhi indifferenti e la bocca che offende. Calma le mani che picchiano. Ci maltrattano e sappiamo perché: odiano il bambino che in loro è rimasto ammutolito. Se potessi parlare a quel bimbo, mandargli un segno della tua presenza, assieme a questo nostro messaggio: venga tra noi, lo ameremo.

Più di tutto, perdona loro quando non sanno quello che fanno. Sarebbe bello se tornassero a camminare insieme.

La nebbia di nuovo li avvolge, impenetrabile più di prima. Hanno valicato la montagna senza tremare sul ciglio del mondo. Lui si sta rialzando, avviandosi verso la grotta. Uno smisurato soffio d'aria dissolve la nebbia. Ritornano le teste dei bambini, sfavillano colpite dalla luce. Grida allegre, risate. La morte non è fatta di loro.

Nota dell'autrice

Nel 2018 ho letto nelle cronache dei quotidiani italiani la notizia del ritrovamento a Venezia del corpo mummificato di un uomo: un professore, morto sette anni prima nella sua casa. Per giorni non ho pensato ad altro. Possibile, mi chiedevo, che si muoia e si sosti nella morte senza che nessuno lo sospetti, che nessuno si stenda un istante prima sul corpo che sta gelandosi, come fece persino il ricco e scaltro Vasilij Andreič Brechunòv con il mugico Nikita, nel racconto di Tolstoj?

È possibile, e accade spesso. Avevo già sentito storie simili – a ogni latitudine e nelle condizioni più varie – ma quella del professore veneziano portava con sé un'ombra struggente che a un certo punto ho voluto raccontare. Sono andata a Venezia, ma dopotutto non erano così importanti i dati reali: quel che importava, quel che in fondo volevo era inventare una vita di riserva per un uomo che come tanti è vissuto nell'ombra e nell'ombra è morto. Così è nata la storia del professor T., che con il professore veneziano ha in comune solo i luoghi della città lagunare e l'esito della vita. Il resto è invenzione, ma la solitudine della sua morte ha in sé qualcosa di salvifico: in un certo senso il professor T. forza i limiti e si spinge in ciò che non ha limiti per restituire la vita a qualcun altro.

L'anno precedente avevo iniziato a scrivere la storia di Cloe, la cui vita è in rapporto con l'assenza, un'assenza che agisce. Un giorno, e davvero ora non saprei dire come è accaduto, le sue ombre hanno incontrato quelle del professor T. ed è stata una gran fortuna. Sono diventati l'uno per l'altra il compagno segreto dall'inesauribile mormorio: una benedizione per entrambi, come James Hillman ci racconta.

Questo è un libro scritto in sottrazione, con il minimo di segni necessari a dire ciò che è meglio detto nell'ellissi, nell'intervallo in cui non c'è niente, nella negazione stessa.

Lo chiudo mentre nel mondo si combatte contro un occupante microscopico che costringe a ripensare la vita e la morte, a ripensare il tempo. Un tempo divelto in cui anche le parole si sono capovolte: "negativo" è in questo momento il miglior esito che possiamo augurarci giacché ci libera dal peso delle cose. Il professor T. ne era convinto: la vita è anche in ciò che non si mostra o è in controluce, brilla con la sua purezza nel sì come nel no.

Per i consigli e le riflessioni intorno ai temi del libro ringrazio Roberto Giaquinto, Andrea Chiappetta, Ercole Sarno, Giovanni De Luna, Mario De Santis, Andrea Di Consoli, a cui devo la storia del bambino nell'accampamento di pastori berberi, Isabella Mattazzi per la suggestione della tegola del lupo e Cecilia Resio per la traduzione dal francese di brani che ne parlano. Per il sostegno affettuoso ringrazio Alessandro Romano, Nicoletta Pellegrino, Antonella Del Giudice, Mariano Iacobellis e Valentina Barile. Grazie al professor Maurizio Pompili dell'Università La Sapienza e a Vicki Satlow, che c'è sempre. Grazie a Alessia Agani, editor straordinaria. Grazie soprattutto a Maria Grazia Alfonso, sorella amica.

Per i rinvii bibliografici segnalo in forma estesa, per il lettore che volesse approfondire:

Il codice dell'anima, James Hillman, Adelphi
La crociata dei bambini, Marcel Schwob, SE
Linea d'ombra, Jun'ichiro Tanizaki, Bompiani
I fratelli Karamazov, Fëdor Dostoevskij, Bompiani
*Storia del ghetto di Venezi*a, Riccardo Calimani, Mondadori
Una scena nel ghetto di Venezia, Rainer Maria Rilke, EDB
Le pietre di Venezia, John Ruskin, Rizzoli
Interdizioni israelitiche, Carlo Cattaneo, Fazi
Medea, Euripide, Marsilio
Il pifferaio di Hamelin, Russell Brand, Il Castoro
Lo spazio letterario, Maurice Blanchot, Il Saggiatore

Nel corpo del romanzo ho inserito cronache relative a fatti realmente accaduti.

Per le storie di violenza sui bambini:

https://nobullismo.altervista.org/bullismo-familiare/ https://www.vanityfair.it/news/storie-news/2017/06/02/madre-condannata-infanticidio-francia

Per la storia di Iqbal Masih:

https://www.worldvision.it/lavoro-minorile https://www.bibliotecanova.it/iqbal-un-ragazzo-che-voleva-giustizia/

Per la storia della bambina accudita dalle scimmie:

https://www.quotidiano.net/esteri/mowgli-india-1.3020609

Per la storia dei piccoli *valani*:

Il mercato dei "valani" a Benevento. La compravendita del lavoro infantile nel Sud Italia tra il 1940 e il 1960, Elisabetta Landi, Ediesse

Per la notizia del padre cinese che porta in spalle il figlio:

https://www.huffingtonpost.it/2014/03/12/cina-yu-xukang-padre-dellanno_n_4946653.html

L'articolo del *Corriere del Veneto* con la notizia del ritrovamento del corpo del professore veneziano è stato modificato per esigenze narrative.

Per la definizione di "abscissione", v. Treccani.

La storia di Giobbe è tratta dalla Bibbia, CEI.

I versi iniziali di Esiodo sono tratti da *Teogonia*, Rizzoli.

I versi su Bruguel sono tratti da *Omaggio a Bruegel il Vecchio*, di Francesc Parcerisas, in *Antologia dei poeti spagnoli*, Nuove Amadeus Edizioni.

"La terra non respira abbastanza" a pagina 21 è un verso tratto da *Gli alberi*, Franco Fortini, *Tutte le poesie*, Mondadori.

La citazione di Novalis a pagina 41 è una riformulazione di versi provenienti dagli *Inni alla notte*.

I versi a pagina 136 sono tratti da William Blake, *Canti dell'innocenza e dell'esperienza*, SE.

I versi a pagina 176 sono di Giovanni Raboni, da *Barlumi di storia*, Mondadori.

I versi "noi siamo poca roba, quasi niente, ombra degli uomini che passano" citati dal professor T. a pagina 179 sono di Franco Loi, *Liber*, Garzanti.

Il verso di Friedrich Hölderlin riportato a pagina 193 è tratto da *Patmos*, in *Poesie*, Bur.

I versi a pagina 213 pronunciati dal Generale sono una riformulazione dei versi di Jorge Luis Borges tratti dal componimento *Dell'inferno e del cielo*, contenuto nel *Libro del cielo e dell'inferno*, Adelphi.

A pagina 230 è presente, riformulata, una citazione dall'Imitazione di Cristo: "mossi da curiosità e arroganza, vogliono sapere i segreti e capire le altezze di Dio".

Imprescindibile la poesia di Paul Celan che apre e chiude il romanzo, nelle traduzioni di Giuseppe Bevilacqua (*Di soglia in soglia*, Einaudi) e di Antonio Prete. In particolare, il verso "Laudato si', Nessuno", che chiude la pagina 230, è ispirato al verso "Gelobt seist du, Niemand" (tratto da *Psalm*) che Antonio Prete traduce con "Laudato tu sia, Nessuno" (traduzione contenuta in *Ospitalità della lingua*, Manni) e che io ho reso con "Laudato si'" in riferimento al *Cantico delle creature*.

I versi di Adrienne Rich, compresi quelli tratti da *Esplorando il relitto*, sono raccolti in *Cartografie del silenzio*, Crocetti.

Stéphane Mallarmé – con le sue considerazioni sul difetto delle lingue, sulle parole come *jour* e *nuit* che non sono "materialmente la verità" –, Alejandra Pizarnik, Georg Trakl, Enrico Testa, Vittorio Sereni, Anne Carson, Philip Larkin, e William Butler Yeats mi hanno accompagnato nella stesura delle pagine fino a qui.

Questo libro è dedicato agli ammutoliti abitanti del buio, piccoli o adulti che siano, perché non c'è età che metta al riparo se non si viene visti né ascoltati, se non ci si sente almeno ogni tanto pensati.

Finito di stampare
nel mese di giugno 2021
presso
Grafica Veneta S.p.A.
Via Malcanton 2 – Trebaseleghe (PD)

Printed in Italy